Mathilde Klein · Von Malkotsch nach Welbsleben

AF208489

M. Klein

Von Malkotsch nach Welbsleben

Eine Dobrudscha-Deutsche erzählt ihr Leben

Bibliografische Information der Deutschen Nationalbibliothek:
Die Deutsche Nationalbibliothek verzeichnet diese Publikation
in der Deutschen Nationalbibliografie; detaillierte bibliografische
Daten sind im Internet über < http://dnb.d-nb.de > abrufbar.

© 2009 Mathilde Klein
Satz und Layout: Buch&media GmbH, München
Umschlaggestaltung: Kay Fretwurst, Spreeau
Herstellung und Verlag: Books on Demand GmbH, Norderstedt
Printed in Germany
ISBN 978-3-8370-4937-4

Inhalt

Vorwort

Meine Vorfahren sind vor über hundert Jahren aus Elsass-Lothringen ausgewandert. Damals waren die Zeiten für die Menschen dort schlecht. Zwanzig Jahre lebten meine Verwandten in Russland, wo man sie Kolonisten nannte. Dann brachen dreiundvierzig Familien mit Erlaubnis der Regierung des neurussischen Gouvernements Bessarabien auf, um eine neue Heimat an der Donau zu finden. Sie mussten alles zurücklassen – nur mit Ross und Wagen zogen sie Richtung Balkan. Fünfundzwanzig Familien ließen sich dann in Rumänien in dem kleinen Dorf Malkotsch in der Gegend von Tultscha nieder, um dort sesshaft zu werden. Weil alles öde und verlassen war, mussten sie das Land erst urbar machen. Mit diesen Familien kamen auch meine Vorfahren nach Malkotsch.

Hinweise und Anregungen über ihren Weg habe ich der Heimatchronik »Heimat der Dobrudscha-Deutschen« entnommen.

Zum steten
Gedenken
an Stunden
v. seiner
treuen Deutschen
...

Im Mai 1943

Kindheit in Malkotsch

Wir erblickten das Licht der Welt am 3. September 1931 in Malkotsch in der Dobrudscha in Rumänien. Ich spreche von wir, weil mit mir auch mein Bruder Hans zur Welt kam. Er wurde zehn Minuten nach mir geboren. Trotz dieses kleinen Abstands verstanden wir uns immer prächtig.

Meine Eltern betrieben eine mittelgroße Landwirtschaft und Hans und ich verlebten eine schöne, unbeschwerte Kindheit. Natürlich war damals alles viel bescheidener – an das Spielzeug, das es heute gibt, war nicht zu denken. Doch uns war egal, mit was wir spielten, Hauptsache wir konnten überhaupt spielen. Wir fühlten uns völlig frei. Im Sommer waren wir immer draußen. Auf den Straßen, die damals noch nicht gepflastert waren, wirbelten wir gerne Staub auf: Wir warfen Erde in die Luft und rannten dann davon. Wir fanden das lustig – und sahen abends entsprechend aus. Mein Vati stellte dann ein kleines Fass mit Wasser in den Hof und steckte uns hinein. Ein Badezimmer, wie es heute Standard ist, gab es damals nicht.

Meistens zogen wir zu fünft durch die Gegend. Unser Quintett bestand aus Anna Tuchscherer, unserer Nachbarin, die wir das Nesthäkchen nannten, weil sie nur ältere Geschwister hatte, Josef Tuchscherer, Ullrich Schüssler und natürlich Hans und mir. Wir fünf waren ständig zu Streichen aufgelegt. Und weil das Obst in Nachbars Garten bekanntlich immer besser schmeckt, klauten wir zum Beispiel gerne bei unserem Nachbarn. Er hieß Hannes Mack.

Vor allem seine Aprikosen hatten es uns in einem Sommer angetan. Einer nach dem anderen sprangen wir dazu über den Zaun. Doch unser Nachbar hatte uns schon beobachtet. Als wir uns an seinen köstlichen Aprikosen gütlich taten, schrie er wütend, wir sollten uns fortmachen. Am Abend beschwerte sich Nachbar Mack heftig bei unseren Eltern, aber mein Vati hat uns nicht bestraft, er ermahnte uns lediglich zu Ordnung und Ehrlichkeit.

In unserem Ort gab es überwiegend große Bauernhöfe und auch unserer war recht groß. Wenn man sich unserem Hof näherte, lag links von der Einfahrt das Wohnhaus, davor gedieh Muttis größter Stolz: ihr Blumengarten. Die Weinkammer schloss sich dem Wohnhaus an, dann folgten Pferde- und Kuhstall. Quer über den Hof zog sich ein Schuppen, in dem im Winter die Geräte untergestellt wurden, im Sommer suchten die Pferde dort Schatten, weil die Ställe zu warm waren. Daran grenzte der Stroh- und Heuschober.

Der Brunnen befand sich gleich rechts neben dem Toreingang, davor stand ein Trog, aus dem Kühe und Pferde tranken. Vati hat diesen Trog immer wieder mit Wasser gefüllt, damit es nicht zu kalt war. Über dem Brunnen war eine Walze angebracht mit einer Leier und einer langen Kette, an der ein Eimer befestigt war. Zum Wasser holen ließ man die Walze langsam abrollen; wenn der Eimer vollgelaufen war, drehte man die Walze wieder hoch. Im Sommer benutzten wir den Brunnen als eine Art Kühlschrank: Zur Melonenzeit ließ mein Vati einige Eimer mit Melonen hinunter ins Wasser, und so waren sie an heißen Tagen eine süße und kühle Erfrischung. Neben dem Brunnen, auf der Seite zu unserem Nachbarn, lag unser Gemüsegarten und am Ende des Gartens stand das Plumpsklo. Toiletten im Haus gab es noch nicht.

Der Hof war unser Dreschplatz. Dort legten wir das Getreide aus. Anschließend fuhr ein Dreschschlitten aus massivem Holz darüber. Er besaß Kufen mit Metallschienen, damit er leichter übers Getreide lief; damit er schwerer war, wurde er mit Steinen bepackt. Auch wir Kinder durften darauf sitzen. Wer runterfiel, musste hinterherlaufen, wenn er wieder hinaufwollte, denn Vati, der die Pferde im Kreis lenkte, konnte für uns nicht anhalten. Anschließend wurde das Stroh weggeharkt und der Rest zu einem Haufen zusammengeschoben. Um das Getreide zu reinigen, also die Spreu vom Weizen zu trennen, benutzten wir eine sogenannte Windmühle, die von Hand bedient wurde: Einer der Erwachsenen drehte den Krickel, das übernahm meistens meine Mutti, daraufhin erzeugten die Flügel im Innenraum der Windmühle Wind, der das saubere Getreide vorne rausblies, während die feine Spreu nach hinten flog. Anschließend sammelte Vati das Getreide in Säcke ein und brachte es auf den Boden oder verkaufte es auf dem Markt in Tultscha, den wir damals noch Basar nannten.

Die Anhöhe, von der wir fünf immer über Nachbars Gartenzaun stiegen, war für uns noch aus einem weiteren Grund eine tolle Sache: Mutti hatte in einiger Entfernung kleine Terrassen angelegt, auf denen sie Kürbisse pflanzte. Als die Zeit der Ernte kam, konnten wir es kaum erwarten, einen oder zwei davon durch die Gegend kullern zu lassen. Dann probierten wir, ob sie schon schmeckten. Meine Mutti bereitete aus ihnen leckeren Kürbiskuchen. Wenn einer mal aufplatzte, durften wir ihn gleich den Schweinen in den Trog werfen.

Im Winter nutzten wir die Anhöhe zum Schlittenfahren. Sie war hoch genug, dass man eine tolle Fahrt draufbekam. Und wenn das Hoftor offen stand, fuhren wir durch bis auf die Straße. Vor Autos mussten wir ja keine Angst haben, die sah man nur selten.

Doch es gab auch Dinge, die nicht so ungefährlich waren. Schon recht früh durften Hans und ich allein zu Großvater gehen, wenn wir versprachen, bis zum Abendläuten wieder zu Hause zu sein. Man erkannte uns schon von Weitem, denn Hans trug meist ein blaues und ich ein rosa Hütchen. Auf unserem Weg kamen wir an dem großen Bauernhof von Johannes Baumstark, dem reichsten Bauern im Ort, vorbei. Einmal, als wir die Zeit völlig vergessen hatten, weil wir so versunken in unser Spiel waren, begegneten wir dem Kuhhirten und seiner Herde. Und mit einem Mal merkten wir, dass auch Bullen darunter waren; vor denen hatten wir unheimliche Angst. Wir machten also auf der Stelle kehrt und liefen zum nächstgelegenen Hof, bis der Hirte mit seinem Vieh vorbeigezogen war. Später gingen wir immer über den Berg zu Großvater. Diesen Weg hatten wir gefunden, als uns auf dem Weg zu ihm ein Unwetter überraschte. Wir wohnten im Unterdorf, an der Straße nach Tultscha. Um den Weg abzukürzen, wagten wir uns durch Gestrüpp und Unkraut und krabbelten den Berg hinauf. Unterwegs stürzte plötzlich das Wasser vom Himmel, als ob alle Schleusen geöffnet worden wären. Oben sah dann alles ganz anders aus, als wir es uns vorgestellt hatten. Mit ein bisschen Nachdenken fanden wir aber den richtigen Weg und erreichten schon bald Großvaters Garten und den von Tante Bilagia Drescher, der direkt daneben lag.

Die kleine Lattentür konnten wir mühelos aufmachen, denn damals war es nicht Sitte, alles abzuschließen. Großvater besaß viele Obstbäume mit unterschiedlichen Sorten. Wenn wir ihn besuchten, kosteten wir uns von Baum zu Baum durch bis zu seinem Hof. Der große Nussbaum kam zuletzt dran. Im Hof stand noch ein Maulbeerbaum. Doch dessen Früchte waren meistens für die Hühner und Enten: Sobald sie runterfielen, schnappten die Tiere schnell zu. Maulbeeren ähneln Himbeeren, sie schmecken zuckersüß, aber sie zu pflücken war uns zu mühsam. Es gab ja genug anderes Obst.

Großvaters Hof war sehr groß. Links vom Tor aus gesehen stand das Wohnhaus, in dem Großvater, Onkel Alois und Tante Eva wohnten und auch deren Kinder Maria und Anna und die Veronika. Gegenüber wohnte Onkel Jordan. Er war nicht verheiratet und hatte keine Kinder. Er war ohne Knie auf die Welt gekommen und konnte seine Beine nicht abbiegen und nicht sitzen. Trotz seiner Behinderung mochte ich ihn sehr gern. Tante Eva hatte es nicht leicht: Sie hatte zwar nur einen Mann geheiratet, aber doch noch zwei mit dazubekommen – Großvater und Onkel Jordan. Daneben musste sie sich um die Kinder und den Haushalt kümmern. Eine große Last ruhte auf ihren Schultern.

Weil ich Onkel Jordan gerne mochte und er mir immer leidtat, war ich öfter bei ihm. Ich wollte ihm helfen und das tat ich zum Beispiel beim Gerben der Felle an der Walze. Onkel Jordan war nämlich Sattler und machte Pferdegeschirre. Selbst mein Mann erzählte mir später, was für schöne Geschirre er herstellte. Besonders für hohe Anlässe wie Hochzeiten, Fronleichnam oder die Fahrten in die Stadt, wenn der Bischof zur Firmung abgeholt wurde.

Mein Onkel gerbte seine Felle selbst. Dazu legte er sie zweimal in eine Lauge. Auf diese Weise wurde das Fell weicher und die Borsten bzw. Haare lösten sich vom Leder. Dann kamen die Felle auf die Walze, damit die Flüssigkeit ablief. Die Walze wurde gedreht wie bei einem Karussell. Danach hängte er sie zum Trocknen auf. Weil ich ihm immer unbedingt helfen wollte und ihm dabei wahrscheinlich eher im Weg stand, machte er mir einen kleinen Waschtrog. Der war so niedlich, dass der Onkel gar nicht so viele schmutzige Strümpfe und Taschentücher besaß, wie ich waschen wollte.

Wir sangen auch viel und er lehrte mich das Lied »Wenn alle Brünnlein fließen«. Er erzählte mir auch viel von früher und von der Heimat unserer Vorfahren. Seine Großmutter war acht Jahre gewesen, als sie in Malkotsch ankam.

Als Hans und ich in die Schule kamen, nähte Mutti uns Schulbeutel. Ranzen oder Rucksäcke gab es damals nicht. Sie bestickte sie auch und nähte die Anfangsbuchstaben unserer Namen darauf. Aus bunten Wollfäden drehte sie eine Kordel zum Umhängen. In unserem Beutel trugen wir: eine Tafel, einen Griffelkasten, einen Schwamm, einen Lappen und ein Holzmesser. Das benötigten wir, um uns an der Treppe zum Schuleingang die Schuhe zu putzen. Ich erinnere mich noch genau, wie Vati Hans und mir den Griffelkasten mitbrachte. Wir lagen beide mit Masern im Bett, Vati war allein zum Markttag in die Stadt gefahren. Als Überraschung brachte er für jeden einen wunderschön bunt bemalten Griffelkasten mit, darin lagen Griffel, Stifte und Süßigkeiten wie Halwa und Rahat – das ist eine geleeartige Substanz, die mit Staubzucker bestäubt ist. Bei uns gibt es das auch, aber ohne Staubzucker und mit leichter Schokolade in Form von Halbmonden oder Kugeln.

Zum Holzmesser noch eines: Unsere Schule lag etwas entfernt von der Straße, die damals noch nicht gepflastert war. Also kamen wir, besonders wenn es regnete, mit dreckigen Schuhen zur Schule. Weil die Räume aber sauber bleiben mussten, war immer ein Schüler abkommandiert, unsere Schuhe zu prüfen, ob sie sauber genug waren. Wenn nicht, musste man noch einmal vor die Tür, um den Dreck mit dem Holzmesser abzukratzen. Unsere Holzmesser hatte Vati für uns geschnitzt.

Bei meinen Eltern wohnte noch Tante Elisabeth mit unserer Großmutter. Wir nannten sie Liesbeth. Damals sagte man im Übrigen noch Besel und nicht Tante. Sie war mit sieben Jahren an Typhus erkrankt und taubstumm geworden. Da sie nichts hören und sagen konnte, verständigten wir uns mit Mimik und Gestik. Das ging gut. Sie spielte mit uns viele verschiedene Spiele, wenn die Eltern im Winter abends zum Nachbarn oder zu Freunden auf einen Plausch gingen: Mutti das Bündel Wolle unterm Arm und Vati das Spinnrad auf dem Rücken. Dann hatten wir den schönsten Spaß mit Besel Liesbeth.

Wir hatten noch ein Brüderchen, Basilius hieß er. Er starb mit etwas über einem Jahr. Die Ursache habe ich erst als Erwachsene richtig verstanden. Es geschah während der Ernte und in der Zeit, als unser Vater bei der Armee diente. Mutti, Besel Liesbeth und Hans arbeiteten auf dem Acker. Ich musste auf mein Brüderchen aufpassen. Als meine Freundin Anna mich besuchte, störte uns mein Brüderchen Basilius bald beim Spielen. Weil er Wasser so gerne mochte, setzte ich ihn kurzerhand in den Pferdetrog. Was ich als Sechsjährige nicht ahnen konnte: Das Wasser war viel zu kalt und er holte sich eine Lungenentzündung, an der er starb. Unsere Nachbarin erzählte meiner Mutti hinterher, wie alles abgelaufen war. Erst viele Jahre später, als ich meine Mutter fragte, warum Basilius sterben musste, erzählte sie mir, was vorgefallen war. Ich selbst erinnere mich nur, wie Basilius in seinem Sarg lag und unglaublich niedlich aussah. Vier ältere Mädchen aus der Nachbarschaft trugen den kleinen weißen Sarg mit zwei weißen Tüchern zur Kirche und dann zum Friedhof. Sie wechselten sich ab, denn der Friedhof war weit entfernt. Ich weiß auch noch gut, wie traurig meine Eltern waren. Ein Jahr zuvor war meine Großmutter mütterlicherseits gestorben. Ich habe heute noch ein Bildchen von dem Sarg und von meinem kleinen Brüderchen. Im Nachhinein frage ich mich allerdings manchmal, warum meine Tante Kathrin, die alles beobachtet hatte, Basilius nicht aus dem Trog nahm? Ein sechsjähriges Kind hat doch keine Vorstellung davon, was da passieren kann. Ich habe glücklicherweise nie gespürt, dass meine Eltern mir Vorwürfe machten. Auch Hans und ich waren sehr traurig, doch Kinder kommen leichter über solche Ereignisse hinweg.

Als meine Großmutter starb, rief sie alle ihre Kinder zu sich, weil es noch etwas zu klären gab. Die Kinder, das waren: Tante Felizia, ihre älteste Tochter, die mit ihrem Mann Franz in Bukarest in einem Kloster arbeitete; Tante Eva und ihr Mann Albert, die bei einer rumänischen Kuhmilchwirtschaft in Tultscha als Schweizer, d. h. Melker, angestellt waren; und Onkel Bernhard, der mit seiner Frau Chelestina in Palas lebte.

Großmutter stellte ihren Kindern die Frage, ob sie damit einverstanden seien, dass jeder die Hälfte von seinem Acker an meine Eltern abgibt. Alle stimmten zu. Onkel Bernhard verzichtete sogar ganz auf sein Erbteil, er wollte dafür aber jedes Jahr Körner für sein Kleinvieh haben. Großmutter meinte, dass meine Eltern Tante Liesbeth bis zu ihrem Lebensende pflegen sollten, das sei schwer genug.

Dann kam das Jahr, in dem Vati und Mutti zum ersten Mal nach der Ernte nach Palas fuhren und uns Kinder mitnahmen. Wir besaßen einen kleinen Ackerwagen, auf dem Vati uns ein schönes Lager bereitete. Es war dunkel, als wir losfuhren, und dunkel, als wir Palas erreichten. Die Freude war sehr groß.

Am nächsten Tag gingen mein Onkel und meine Tante mit uns spazieren. Es war weit bis zum Schwarzen Meer. An der Küste, die sehr hoch lag, beobachteten wir, wie das Wasser schäumend gegen die Felsen schlug und heulte, was uns sehr ängstigte. Auf dem Rückweg kamen wir an einem Garten vorbei, der nicht eingezäunt war. Wir Kinder tollten wild herum. Plötzlich stolperte Hans über einen Maisstängel und fiel auf einen anderen drauf, der haarscharf an seinem linken Auge vorbeiging. Der Schreck war groß. Hans blutete so heftig, dass er zu einem Arzt gebracht werden musste. Damit war uns allen die Freude verdorben und am nächsten Morgen fuhren wir wieder nach Hause. Dieses Ereignis hat mich viele Jahre verfolgt. Ich war schon längst verheiratet, als ich einmal an einem Sonntagnachmittag meine Mutter besuchte. Da musste ich plötzlich wieder an diesen Vorfall denken und ich fragte sie: »Habe ich das nur geträumt oder habe ich das mit euch und Hans wirklich erlebt?«

»Das ist alles so gewesen«, erwiderte Mutti. »Ihr wart damals fünf Jahre alt.«

Auch ein anderes Erlebnis aus meiner Kindheit erinnere ich noch lebhaft. Vati hatte groß angekündigt, dass wir am nächsten Morgen früh nach Tultscha zur Ölmühle fahren würden. Tultscha lag etwa sieben Kilometer entfernt. Bei der Ölmühle zeigte Vati uns, wo der Raps reinkam, und dann ging er mit uns den ganzen Weg entlang bis dahin, wo das schöne gelbfarbene Öl rauslief. Es roch sehr appetitlich, weil der Raps über eine Röstplatte lief, so bezeichne ich es jedenfalls. Hans und ich waren damals vielleicht sieben oder acht Jahre alt. Mutti hatte uns viereckige Behälter mitgegeben, in die das Öl gleich abgefüllt wurde.

Auch die Weinlesezeit war eine tolle Zeit für uns Kinder. Nach der Schule durften wir mit zum Weintraubenschneiden und gucken, wie die Erwachsenen die Beeren in die großen Tonnen und Fässer schütteten. Wenn alles geschnitten war, ging es wieder nach Hause. Auf unserem Hof wurde dann eine große Traubenpresse aufgestellt. Darauf stand einer, der die Weintrauben in eine Presse schaufelte; unten kam anschließend der frisch gepresste Saft heraus. Was für ein Genuss, diesen Saft zu trinken! Vati achtete immer sehr streng darauf, dass keiner mit Brot an die Presse kam. Er erklärte uns, dass wenn nur ein paar Krümelchen in den Saft kämen, alle Mühe umsonst gewesen sei, denn der Saft würde in Säure übergehen. Gären musste er zwar, aber in den Fässern in der Kammer. Dort standen ein sehr großes und ein kleines Fass. Wie viele Liter hineingingen, weiß ich nicht, so etwas berührte mich nicht. Mich interessierte viel mehr, wie Mutti Weintraubenkuchen backte. Dafür nahm sie besonders kleine Beeren. Der Saft dieser Trauben gelierte auf dem Blech. Und es war mein höchstes Vergnügen, den dicken, karamellisierten Saft mit dem Messer vom Blech zu kratzen und zu essen.

Im Winter hatten die Männer eigentlich nur das Vieh zu versorgen. Das Melken und Buttern erledigte meine Mutti. Sie kümmerte sich auch um das Federvieh. Die Männer gingen dann zum Angeln und zum Rohrschneiden. In der Nähe unseres Ortes gab es einen großen See, Balte hieß er. Sobald er zugefroren war, fing das Rohrschneiden an. Jeder Schnitter hatte seinen angestammten Platz. Das Rohr wurde zum Dachdecken oder zum Beheizen des Backofens verwendet. Um es vom See abzuholen, spannte Vati den großen Schlitten an. Bis zu seinem Haufen legten wir immer einen ziemlich langen Weg zurück. Für Hans und mich war das eine Riesengaudi. Wir hatten nicht die geringste Angst. Doch ganz so harmlos war die Sache nicht: Der Schlitten wurde durch das Rohr ziemlich schwer und das Eis konnte unter seiner Last brechen. Heute glaube ich, dass Vati genau wusste, wo das Eis am dünnsten war. Denn es gab immer Momente, wo Vati uns befahl, vorneweg zu gehen. Dann warf er die Pferdeleine hinter uns her. Er folgte uns, nahm die Leine und trieb seine Pferde zum Galopp an, ja, er schlug sie sogar mit der Peitsche. Sie liefen los und wir sahen, wie der Schlitten immer mehr Wasser unter die Kufen bekam. Das Eis bog sich wie ein Brett, das sehr dünn ist. Hans und ich zitterten jedes Mal, doch es ging immer gut. Hans fragte Vati einmal, was passieren würde, wenn die Pferde es nicht schafften. Da zeigte er uns sein großes Taschenmesser und meinte, dann würde er die Leine durchschneiden, damit die Pferde nicht mit dem Schlitten untergingen.

Irgendwann gehen Mädchen und Jungen getrennte Wege. Die Mädchen wollen lieber mit Puppen spielen, die Jungen mit Pistolen. Anna Tuchscherer, das Nachbarsmädchen, war ein Jahr älter als ich. Sie war die Tante von Josef Tuchscherer und heiratete später Herrn Martin. Magdalene Frank, die drei Häuser entfernt von uns wohnte, hatte auch eine ältere Schwester. Weil die größeren Mädels sich schon selbst etwas nähten, blieben für uns immer kleine Stoffreste übrig, aus denen wir Puppenkleider schneiderten. Doch zuerst mussten wir uns Püppchen basteln, was nicht so einfach ist. Meine erste Puppe hat mir meine Mutti gemacht, sie sah sehr schön aus und man konnte gut mit ihr spielen. Mit unseren selbst gefertigten Puppen klappte das nicht so recht. Und weil es mir mit den zwei Mädchen bald zu langweilig wurde und das Puppenspiel auch nicht meine Welt war, suchte und fand ich schnell andere Freunde.

Maria Schissler zum Beispiel und meine heute noch beste Freundin, Filomine Drescher. Dann gab es noch Rosi Ehret, Liesbeth Ankert, Anna und Deonella Baumstark, Mathilde Dirk, Gretel Kukert – sie hieß bei uns nur Hopsergretel, weil sie statt zu laufen nur hopste – und Magdalene Kost. Mit ihr habe ich die tollsten Sachen unternommen, vor allem viel gelacht. Es ist sehr bitter und traurig, dass sie viel zu früh starb. Es wäre zu viel, alle aufzuzählen, mit denen ich spielte, denn ich spielte mich, ganz salopp gesagt, quer durchs Dorf.

Dann musste ich erstmals eine große Entscheidung treffen. Tante Klara, eine Schwester von Vati, hatte keine Kinder und fühlte sich sehr allein, als ihr Mann, Onkel Wilhelm, starb. Am nächsten Morgen sagte Mutti zu Hans und mir:

»Onkel Wilhelm ist heute Nacht verstorben. Geht etwas früher zur Schule los, schaut bei Tante Klara vorbei und betet ein Vaterunser für Onkel Wilhelm.« Das taten wir auch, so war das üblich. Der Tod hat mich damals noch nicht berührt oder gar geängstigt. Ich hatte ja mein Brüderchen so friedlich im Sarg liegen sehen. Doch bei meinem Onkel war es anders. Mir fiel sofort auf, wie schmal und bleich er im Gesicht war.

Das Alleinsein fiel Tante Klara schwer. Onkel Jordan gab seine Sattlerei erst mal ab und half ihr bei der Landwirtschaft. Trotz seiner Behinderung konnte er sogar mähen. Dann bat Tante Klara meine Eltern, sie möchten mich zu ihr geben, sie würde auch dafür bezahlen oder etwas Ackerland dafür abgeben.

Na, das war genau das Richtige für meinen Vati! Nachdem sein erster Ärger verraucht war, sagte er zur Tante: »Wenn Mathilde bei dir schlafen möchte, so kannst du sie haben, aber nur, wenn sie das auch will.«

Ich trat mein neues Leben an und schlief bei ihr. Morgens ging ich zur Schule und abends gab es immer ein Stück Schokolade, was es bei uns nicht gab, denn meine Eltern bauten ihren Haushalt noch auf und sparten jeden Pfennig. Damals war es so, dass jeder junge Mann Pferde und etwas Ackerland zur Hochzeit bekam und sich die Geräte selbst anschaffen musste. Die jungen Frauen erhielten Wäsche, Kühe, Federvieh und Ausstattung für den Haushalt. Vati besaß jedoch nur ein Pferd und etwas Acker, Mutti eine Kuh, etwas Ackerland sowie Haushaltswäsche und Bettzeug. Das Haus hatte sie von Großmutter erhalten. Das zweite Pferd kauften sie sich als Erstes, denn das war das Wichtigste.

Ich weiß nicht mehr, wie lange ich bei Tante Klara blieb. In ihrer Nachbarschaft gab es neue Spielgefährten für mich, das fand ich ganz interessant. Die Nachbarin hieß auch Klara Drescher, ihr Mann war Hannes, ein Cousin meines Vatis. Sie hatten vier oder fünf Kinder. Ich kann mich an Deonella, Willi, Elisabeth und Zacheus erinnern. Es gab an sich keine Unstimmigkeit zwischen meiner Tante und mir, doch sie hatte eine gewisse Kälte und Lieblosigkeit an sich. Wenn ich mich morgens anzog, ging ich lieber zu Onkel Jordan in den Stall, um ihn zu bitten, mir hinten an meinem Kleid die Knöpfe zuzumachen – so sehr fürchtete ich mich, die Tante um etwas zu bitten. Bei meinen Eltern war ich wohlbehütet und mit viel Liebe und Nähe aufgewachsen, sodass das Leben mit meiner Tante für mich zunehmend eine unbarmherzige Strafe darstellte. Als ich dann eines Abends im Sommer von der Küche über den Hof zum Wohnhaus ging, schaute ich wie immer zu meinem Elternhaus, das im Unterdorf lag. Da überkam mich die Sehnsucht nach meinem Zuhause so stark, dass ich meinen Schulbeutel nahm und abhaute. Noch nicht einmal Onkel Jordan sagte ich etwas. Das tat mir leid, weil ich ihn doch gerne hatte. Am nächsten Tag brachte Tante Klara meine Sachen und fand, dass ich sehr böse sei. Aber meine Eltern standen zu mir und ich war wieder ein glückliches Mädchen.

Vertreibung aus dem Paradies

Im Jahr 1938 bekamen wir eine deutsche Lehrerin. Sie hieß Gertrud und wohnte in der Gaststätte von Stefan Mack. Seine Frau hieß Mathilde und sie war meine Taufpatin und Muttis Cousine. Meine Eltern halfen den beiden oft aus, wenn Not am Mann war, denn die Gaststätte war zugleich Fleischerei und Lebensmittelhandel und es gab dort auch sonst alles zu kaufen, was man so brauchte. Beim Schlachten half mein Vati, wenn es seine Zeit gestattete. Er konnte selten Nein sagen, wenn er gebraucht wurde. Mutti half meist in der Küche, wenn rumänische oder auch andere Geschäftsleute zu Gast waren, und auch an Fronleichnam. Dann waren meine Eltern immer voll eingespannt: Kaum war das Vieh gefüttert und gemolken, schon waren sie bei den Macks.

Auf diese Weise bekamen meine Eltern und auch wir Kinder schnell eine Verbindung zu der Deutschlehrerin. Es dauerte nicht lange, da hatte sie mich ins Herz geschlossen und ich sie auch. Sie war, aus meiner Sicht und Erinnerung als siebenjähriges Kind, etwas mollig, aber schön und freundlich.

Der Raum, in dem wir vorher immer Religionsunterricht gehabt hatten, wurde von einigen Vätern hell geweißelt, die Mütter machten alles sauber und so bekamen wir eine deutsche Schule, in der wir deutsche Sprache, Schrift, Lieder und Volkstänze lernten.

Einmal mussten wir vor den Eltern ein Gedicht aufsagen. Ich kann meines heute noch auswendig.

Liebe Mutti, ich bin so klein,
meine Händchen sind noch so klein,
aber liebe Mutti, so glaube mir,
wenn ich groß bin, so helfe ich Dir,
du darfst auch im Sessel ruhn
und ich werd die Arbeit tun.

Als meine Mutti allein nicht mehr zurechtkam und mein späterer Mann und ich sie 1990 zu uns nahmen, erinnere ich mich, dass wir beide zusammen in der Küche saßen. Ich kochte und Mutti half. Als wir fertig waren, fragte sie plötzlich: »Kannst du noch das Gedicht, das Frau Gertrud dich gelehrt hat?«

Ich kniete mich vor sie hin und sagte ihr mein erstes Gedicht in deutscher Sprache auf. Wir nahmen uns in die Arme, Tränen in den Augen. Unvermutet war die Sehnsucht nach der Vergangenheit wieder da, die Sehnsucht nach einer glücklichen Zeit.

Doch kam schon bald darauf alles anders. 1939 wurden auf unseren Höfen deutsche Studenten einquartiert, die uns alles schönreden sollten, damit wir dem Aufruf zum Auswandern folgten. Für uns Kinder war das toll. Wir bekamen viele Geschenke: kleinen Krimskrams wie Anstecknadeln, Armbänder, Ringe und auch Süßigkeiten.

Wie lange das ging, weiß ich nicht mehr. Aber die Eltern waren oft weg, um mit den Nachbarn zu besprechen, was geschehen sollte. »Sollen wir gehen oder bleiben wir?«, das war die große Frage. Von meiner Mutti weiß ich, dass der damalige Bürgermeister, Mathias Ehret, bis nach Bukarest reiste, um Genaueres zu erfahren. Schließlich hieß es, Adolf Hitler, der Führer Deutschlands, habe versprochen, dass jeder Bauer sein Grundstück wiederbekommen werde. Und so hieß es nach vielen Sitzungen: »Wir wandern aus.«

Am 10. Mai 1939 wurde meine kleine Schwester Dorothea geboren. Den Namen gab ihr unsere liebe Tante Eva, die auch ihre Patin wurde – sie war Muttis Lieblingsschwester.

Im Jahr darauf wanderten insgesamt 1102 Menschen aus und fünfzehn blieben zurück, das weiß ich aus der Dobrudscha-Chronik. Am 17. November 1940 startete der zweite Transport, zu dem auch wir gehörten. Unsere Abreise ist mir noch sehr genau in Erinnerung. Das große Gepäck wurde schon einige Zeit vorher abgeholt. An Möbeln und schweren Gegenständen durften wir nichts mitnehmen. Unsere große Wäschetruhe, die, wie ich glaube, jede Hausfrau besaß, war bis oben hin voll mit Wäsche. Mutti hatte auch schöne große Heiligenbilder, wie z. B. die Mutter Maria mit dem Jesuskind auf dem Arm, Jesus am Kreuz und ein brennendes Herz. Vor dem Bild, das Jesus am Kreuz zeigte, standen Hans und ich mit unseren Eltern jeden Abend und beteten das »Angelo-Gebet«. Vor unserer Abreise nahmen Mutti und Vati die Bilder aus den Rahmen, rollten sie zusammen und legten sie in die Truhe. Die Federbetten stopfte Vati in Säcke. Darüber hinaus hatten wir noch einen Koffer aus Rohr oder Schilf, so einen großen, wie man sie aus alten Filmen kennt. Alle Gepäckstücke wurden sorgfältig mit Namenschildern versehen.

Mutti war mit Dora beschäftigt. Auf Tante Liesbeth mussten Hans und ich aufpassen und Vati wiederum hatte die Aufsicht über uns und das Kleingepäck. Am 17. November, sonntagmorgens um zwei Uhr, verließen wir unser Dorf. Selbst mir als Kind taten das Hundegeheul und das Muhen der Kühe weh. Das Vieh der bereits drei Tage zuvor Abgereisten wollte gemolken werden. Es waren gespenstische Stunden.

Den Weg von Malkotsch bis Tultscha fuhren wir mit unserem Pferdegespann. Am Bahnhof mussten wir schließlich absteigen und unser Gepäck abladen. Dann kamen rumänische Soldaten und nahmen meinem Vati das Gespann ab. Zum Abschied umarmte er jedes Pferd und weinte bittere Tränen. Dieser Moment geht mir heute noch unter die Haut. Seine zwei Pferde waren sein ganzer Stolz gewesen – von einer Minute zur nächsten war er beide los. Wie viel Ackerland meine Eltern besessen hatten, weiß ich nicht mehr. Ich erinnere mich einzig daran, dass der Weingarten einen Hektar groß war. Die Auffahrt zum Weingarten war beängstigend und beschwerlich gewesen, weil daneben eine tiefe Felsschlucht abfiel. Mein Vater hat uns nie auf dem Wagen sitzen lassen, wenn wir daran vorbeifuhren. Erst wenn wir die gefährliche Stelle passiert hatten, durften wir wieder auf den Wagen. Aber es war nur kurz bis zum Weingarten.

Dann hieß es Zugfahren. Ja, das war was für uns Kinder! Jede Familie bekam ein eigenes Abteil. Wir Kinder liefen von einem zum nächsten, um zu sehen, wer nebenan saß. Wie lange die Zugfahrt dauerte, weiß ich nicht mehr. Auf alle Fälle führte sie nach Cernawoda. Dort wurden wir auf das Schiff »Franz Schubert« gebracht und dort gebar die Mutter meiner einzigen noch verbliebenen Freundin Filomine ein Baby. Das Mädchen wurde zwischen Moltawa und Donau-Wecke geboren. So erzählte es mir Filomine, als ich sie mit meiner Tochter Renate, meinem Schwiegersohn Jochen und meinem Enkel Gregor 1998 in Vancouver in Kanada besuchte. Jedenfalls wurde Filomines Schwester auf den Namen Elisabeth getauft, nach der Krankenschwester, die ihr ins Leben half.

Am Eisernen Tor wurde es plötzlich laut an Deck, weil wir das Schiff vor uns eingeholt hatten. Es herrschte so starker Nebel, dass es nicht weiterfahren konnte, weil die Donau an dieser Stelle von hohen Felsen durchzogen und die Fahrrinne eng ist.

Dass wir unsere Landsleute so schnell wiedersehen konnten, war eine große Freude, besonders für die Erwachsenen. Doch plötzlich schrie der Kapitän: »Alle auf die andere Seite, das Schiff liegt schief!« Da schwoll das Geschrei noch stärker an, weil alle Angst bekamen.

Wie der Zug, so war auch das Schiff für uns Kinder wunderbar. Wir konnten vom Mittelgang bis zum Oberdeck laufen, hoch und runter. Am Oberdeck hielten sich meistens die jungen Leute auf, sie sangen Heimatlieder und einer spielte Harmonika; dazu wurde getanzt. Wir hopsten natürlich auch mit herum und fanden es toll. Die Schlafstellen waren mit Matten versehen. Hans und ich schliefen unter dem Tisch, weil jedes Fleckchen ausgenutzt werden musste. Eine Rotkreuzschwester verteilte Cibion-Tabletten, jeden Tag eine. Die waren groß und schmeckten süß. Wenn wir am Oberdeck eine bekommen hatten, liefen wir schnell unter Deck und stellten uns noch mal an, um noch eine davon zu erwischen. Klar, dass die Schwester das bald merkte.

Wir fuhren bis nach Semlin-Zimoy, so hieß der Ort auf deutsch-rumänisch. Ich bin mir nicht sicher, aber ich glaube, Semlin-Zimoy gehörte damals zu Jugoslawien. In Semlin waren wir drei Tage, das weiß ich noch. Wir waren in Zelten untergebracht. Zum besseren Schutz sammelten die Rotkreuzschwestern alle Babys ein und brachten sie in ein befestigtes Gebäude, wo es wärmer war.

Wir lagen jeder auf seiner Matte oder einem Strohsack. Decken gab es genug, sie hielten auch schön warm. Als die Schwestern bei uns vorbeikamen, befahl Mutti mir: »Bleib so liegen.« Zwischen uns lag Dora und Mutti zog vorsichtig die Decke über ihr Köpfchen. Zum Glück schlief sie fest. Mutti war misstrauisch, denn keiner wusste genau, was mit den Babys geschah. Es hieß zwar, sie würden wärmer und besser versorgt, aber das glaubten nicht alle. So zogen die Schwestern an uns vorbei, ohne zu merken, dass ein Säugling zwischen uns lag. Im Übrigen wurden auch wir gut versorgt.

Von Semlin-Zimoy ging es weiter mit dem Zug nach Bad Brückenau. Wir hofften sehr, dass wir ein letztes Mal umsteigen mussten und bald ansässig werden würden. Das wurden wir auch, wenn auch nur bis 1942. Als wir ankamen, gab es Stadt Brückenau und Bad Brückenau. Die beiden Orte waren getrennt. Bad Brückenau war ein Kurbad mit einem wunderschönen Park und einer terrassenförmigen Anlage mit Blumen und Sträuchern. Meine Eltern, Onkel Albert, Tante Eva, ihre Tochter Anni, Onkel Franz und Tante Felizia unternahmen öfter Spaziergänge dorthin, wenn es das Wetter erlaubte.

In Stadt Brückenau stiegen wir alle aus und wir waren nicht wenig erstaunt, als die SA aufmarschierte und uns mit Blasmusik empfing. Der Weg vom Bahnhof zum »Hotel zur Post« war nicht weit. So marschierte die SA in Uniform vorneweg und wir hinterher. Viele Menschen standen an den Straßenrändern, bestaunten und begutachteten uns. Unsere Frauen trugen ja ihre Heimattracht und Männer wie Jungen hatten eine Pelzmütze auf dem Kopf.

Das »Hotel zur Post« gehörte einer Witwe, die ohne ihren Mann recht hilflos war und sich daher entschlossen hatte, ihr Hotel an uns »Umsiedler« zu vermieten. Ab und zu kam sie vorbei und guckte nach ihren Wertsachen, die auf dem Dachboden weggesperrt waren. Der Dachboden war mit mehreren Räumen ausgebaut.

Die Zeit im »Hotel zur Post« war für uns Kinder eine aufregende Zeit. Anfangs herrschte Ausgehverbot und wir wurden alle untersucht. Den Erwachsenen wurde Blut abgenommen und sie wurden geröntgt. Jeder bekam seine Blutgruppe unter den Arm tätowiert, von da ab wusste jeder Erwachsene seine Blutgruppe. Doch meinen Vater brachte das später in russischer Gefangenschaft in ziemliche Gefahr: Dort schaute man bei jedem Deutschen unter den Arm, auf der Suche nach SS-Leuten, denn denen hatte man ihre Blutgruppe ebenfalls unter den Arm tätowiert. Zu Vatis Glück war er mit einem rumänischen Soldaten zusammen, der bezeugte, dass Vati seine Tätowierung bei der Umsiedlung bekommen hatte. Bei uns Kindern kontrollierte man vor allem, ob wir Läuse hatten.

Aus der Stadt kam ein alter Lehrer und unterrichtete uns. Er trug einen langen Bart, einen Lodenmantel, einen dunklen Hut und er ging immer mit Stock. Auf mich wirkte er uralt, groß, zornig und sehr laut. Die Jungs merkten bald, wie sie ihn ärgern konnten. Uns Mädchen gereichte das eher zum Nachteil, denn sein Zeigestock war immer in Bewegung und schnell bekam einer was ab.

Darüber hinaus kam jede Woche ein netter Musiklehrer mit seinem Schifferklavier und lehrte uns zuallererst das Deutschlandlied und das Horst-Wessel-Lied.

Fräulein Anni, die Sekretärin des Hotels, schenkte uns Mädchen buntes Papier. Daraus schnitten wir Teile aus, die wie Lebensmittelkarten aussahen, schrieben Zahlen von eins bis zehn darauf und spielten Verkäufer und Kunde. Geld bastelten wir uns auch: Dazu legten wir einen Groschen unters Papier und rieben mit einem Gegenstand darüber, sodass sich der Groschen auf dem Papier abzeichnete. Solche Lebensmittelkarten hatten wir in dem gegenüberliegenden Geschäft gesehen. Neben dem Hotel gab es einen Obst- und Gemüseladen. Unweit vom Hotel war eine Müllhalde, dort suchten wir nach Lebensmittelkarten und fanden auch welche, sogar solche mit Zahlen. Mit denen gingen wir ins Gemüsegeschäft und hofften, dass wir etwas dafür bekämen. Heute bin ich überzeugt, dass nicht die richtigen Zahlen darauf waren, denn wer wirft schon gültige Lebensmittelkarten fort? Doch die gute Frau in dem Geschäft schenkte uns ab und zu eine Apfelsine dafür.

Im Hotel richtete man sogar einen Kindergarten mit einem Säuglingszimmer ein. Von drei bis vier Uhr nachmittags durften wir Mädchen dort die Babys ausfahren. Wir standen immer schon lange vorher vor der Tür, um nicht eine Sekunde zu verpassen.

Ein anderes wunderbares Spielzeug war das Treppengeländer. Das hatten uns die Jungen vorgemacht. Wir rutschten von der zweiten Etage bis zum Foyer. Das war der schönste Spaß. Man musste nur aufpassen, dass man unten rechtzeitig absprang.

Dann wurden wir in die Stadtschule eingegliedert. Damals wurden Mädchen und Jungen noch getrennt unterrichtet. Ich kam mit einigen Mädchen aus meiner Heimat in eine Klasse. Ein Mädchen aus der Stadt zeigte uns, wo wir sitzen sollten. Unsere Lehrerin hieß Fräulein Stoll, sie war lieb und nett. Sie trug einen Haarknoten, der mir gleich auffiel. Das Mädchen, das uns unseren Platz im Klassenzimmer zuwies, wurde unsere Freundin. Obwohl sie auch von Lebensmittelkarten lebte, brachte sie, wenn wir einen Wandertag hatten, für jeden von uns ein Ei mit, eine halbe Schnitte Brot oder Radieschen, und das bedeutete etwas, denn wir unternahmen oft Wanderungen. Das Mädchen hieß Hedwig, und wir sind immer noch befreundet und schreiben uns oder telefonieren regelmäßig. Sie ist eine geborene Burger und lebt heute in Bad Brückenau.

1942 sollten wir in unserer neuen Heimat angesiedelt werden. Als Erstes mussten wir nach Kalisch, danach brachte man uns für drei Wochen nach Litzmannstadt. Dort wurden schon am ersten Morgen die Jugendlichen von den Eltern getrennt, ebenso die Mädchen von den Jungen. Die Altersgrenze muss wohl bei zehn Jahren gelegen haben, das war das Alter für die Jungmädels. Von da ab mussten wir richtige Exerzierübungen für Hitler machen: früh aufstehen, Sport treiben, danach Fahnenappell, Frühstück, Vorlesung, Singen und dann Volkstänze üben. Letzteres taten wir am liebsten. Wie der Ort hieß, an den man uns brachte, haben wir nie erfahren. Die Baracken standen in einer weiten Ebene, umgeben von Wiesen – völlig von der Welt abgeschlossen. Doch wir verlebten dort auch schöne Stunden, besonders abends nach dem Waschen. Nach dem Abendlied ging es ab ins Bett. Doch danach drehten wir noch mal richtig auf, mit Kissenschlachten, Lieder singen oder anderen Dummheiten. Zu wie vielen wir in dem großen Raum untergebracht waren, weiß ich nicht. Wir lagen auf doppelstöckigen Eisenbetten mit einer guten Federung, auf der sich wie auf einem Trampolin herumspringen ließ.

Ein Mädchen aus der Baracke von nebenan bekam plötzlich Bauchschmerzen. Der Arzt empfahl, am nächsten Tag zu operieren. Noch in derselben Nacht ist sie durchs Fenster abgehauen – sie war auch nicht aus unserem Lager. Wie und wo sie ankam haben wir nie erfahren.

In meiner Gruppe war nur ein Landsmann-Mädel mit Namen Maria Klein. An einem Tag gab es Eieruckn mit Heidelbeeren. Da sie keine aß, gab sie mir ihre Ration.

Am 12. Juni 1942 wurden wir in Sonnenhof im Kreis Krotoschin angesiedelt. Der Ortsbauernführer Dr. Weiß, der ein großes Gut besaß, schickte ein Pferdegespann nach Litzmannstadt und ließ uns abholen. Dann standen wir also vor unserem neuen Zuhause. Diesen Moment werde ich nie vergessen. Wir kletterten alle vom Wagen, dann lehnte Mutti sich mit beiden Armen an das Tor, legte ihren Kopf darauf und weinte bitterlich. »Man kann doch nicht Leute aus ihren Häusern jagen und uns dann reinsetzen. Das ist unrecht und tut nicht gut«, schluchzte sie. So sehr Vati sie auch bat, Mutti wollte das Grundstück nicht betreten. Wir Kinder und Tante Liesbeth standen hinter ihr und wussten nicht, was wir tun sollten. Doch dann sah Mutti ein, dass es keine Alternative gab. Man hatte drei Wirtschaftsbetriebe auf ein Grundstück gelegt: Wir wohnten in der Mitte, rechts von uns die Familie Ratkowski und links die

Familie Scheider mit zwei Töchtern. Die Scheiders waren schon alte Leute und ihre Töchter arbeiteten auf dem Gut mit. Franziska und ihr Mann Franz hatten zwei Kinder und die Eltern von Franziska wohnten rechts im zweiten Haus.

Langsam lebten wir uns ein. Auch mit den Polen pflegten wir ein friedliches Miteinander. Natürlich gab es kleine Reibereien: Franziska zum Beispiel hat anfangs heimlich unsere Kühe gemolken. Mutti wunderte sich dann, dass die an manchen Tagen weniger Milch gaben, bis sie sie schließlich erwischte; danach schloss Mutti nachts immer den Kuhstall ab.

Die Eltern von Franziska kamen mir sehr alt vor. Sie waren ziemlich gebrechlich, doch Franziska hat ihnen nicht geholfen oder für sie gekocht. Ab und an gab mir Mutti etwas Essen oder Milch, das ich ihnen brachte. Sie lebten in einem Zimmer, das Franziska nie säuberte. Einmal ging Mutti rüber und sah, wie die zwei alten Leute dort lebten. Da befahl sie mir, mit Eimer, Lappen und Besen hinzugehen, um zu wischen. Ich tat es auch, doch es roch so unangenehm, dass ich Mutti später bat, es nicht noch einmal tun zu müssen.

Wenn wir Zwillinge Geburtstag hatten, gab Mutti mir eine Schüssel mit Essen, das ich den beiden Alten brachte. Mir war sehr peinlich, dass die Frau mir dann immer eine Hand küsste. Ich war doch nur ein Kind. Vielleicht murmelte sie dabei auch »Vergelt's Gott«, denn die Polen waren ja sehr christlich. Mutti meinte, dass das ein Zeichen von Dankbarkeit sei.

Als Haushaltsgehilfin hatten wir ein Polenmädchen. Maria war hübsch, jung und besaß schönes langes Haar. Sie betete, wann immer es ihr möglich war, auch wenn wir dabei waren. Die Sehnsucht nach ihren Eltern machte ihr so schwer zu schaffen, dass sie eines Tages krank wurde. Ihre Tante, die bei uns im Ort wohnte, bat Mutti dann, Maria nach Hause gehen zu lassen. Mutti willigte ein. Den polnischen Angestellten war es nicht erlaubt, ihre Dienstherren zu verlassen oder heimlich abzuhauen.

Mutti meldete Marias Weggehen der Frauenschaft und schon bald bekamen wir eine neue Magd. Helene hieß sie und sie blieb, so lange wir dort wohnten. Auch sie war jung, aber nicht so hübsch wie Maria. Doch auch sie war lieb und freundlich zu allen, besonders zu uns Kindern.

Vati wurde im Frühjahr 1943 zur Wehrmacht eingezogen, erst an Weihnachten kam er auf Urlaub. Die Zeit mit ihm war kurz, aber schön. Als er eingezogen wurde, wiesen uns Frauenschaft und Kreisamt einen polnischen Knecht zu. Er sprach besser Deutsch als Helene, hieß Boleslav und war jung, hübsch und braun gebrannt. Mutti kam mit ihm sehr gut aus.

Die Polen lebten getrennt von uns Deutschen. Um sich kenntlich zu machen, mussten sie am Schutzblech ihrer Fahrräder einen circa zwanzig Zentimeter langen weißen Strich anbringen. Wir Deutsche sollten immer ein Fähnchen, wie die Reichsfahne, am Fahrrad haben. Doch Hans und ich taten das nicht immer, nur wenn wir zum Jungmädel-Dienst bzw. zur Hitlerjugend nach Brandenstein mussten.

In der Anfangszeit in Sonnenhof fühlten wir uns fremd, auch weil wir die Sprache nicht verstanden. Der SA-Amtsvorsteher und die Frauenschaft suchten uns Deutsche oft auf, um nachzusehen, wie wir uns einlebten oder ob es Probleme gab, insbesondere mit den Polen. Auch wurde kontrolliert, ob jeder Umsiedler ein Bild vom Führer in der Wohnung hatte. Natürlich besaßen wir eines. Eine Frau von der Frauenschaft hatte es uns gebracht, zusammen mit einer kleinen Hakenkreuzfahne, die wir am Fenster in einen Blumentopf steckten. So konnte jeder sehen: Hier wohnen Deutsche.

Für uns Kinder war das alles nicht so problematisch. Wir spielten zusammen mit den polnischen Kindern und ich hatte eine polnische Freundin. Genia hieß sie. Sie hatte schöne Zöpfe und sprach gut deutsch, denn die polnischen Kinder mussten Deutsch lernen. In der Schule gab es auch einen Jungen, dessen Eltern Volksdeutsche geworden waren, daher durfte er die deutsche Schule besuchen. Er kam jeden Tag aus Kornfeld mit dem Fahrrad oder zu Fuß zur Schule in Junghof. Wir mussten täglich zwei Kilometer zu Fuß von Sonnenhof nach Junghof gehen. Doch uns war nie langweilig. Auf dem Schulweg mussten wir uns sputen, um nicht zu spät zu kommen. Heimwärts war die Zeit egal. Im Winter spielten wir mit dem Schnee. Wenn der kleine Fluss Radenz zugefroren war, schlitterten wir über das Eis. Wir waren sieben deutsche Kinder und noch drei Schwarzmeerdeutsche. Oft kamen wir völlig verschwitzt oder mit nassen Handschuhen und nassen Füßen nach Hause, denn das Eis war natürlich nicht gleichmäßig dick.

Ein Mädchen mit Namen Almut Stegmann musste täglich von Bulakow über Sonnenhof nach Junghof zur Schule fahren, das heißt, sie wurde von einem älteren Polen mit dem Poni-Wagen gefahren. Im Winter hatte dieser Wagen einen Schutzaufsatz. Ihre Eltern hatten ein schönes und großes Gutshaus und sie lud mich einmal übers Wochenende ein, mit ihr zu spielen. Ich war erstaunt, was diese Gutstochter so alles besaß: ein eigenes Spiel- und Schlafzimmer – und Spielsachen! Mir quollen fast die Augen über. So schöne, große und viele Puppen hatte ich noch nie gesehen. Almut hatte eine ältere Schwester, die in Koschmin auf die Oberschule ging. Ihre Mutti war damals schon lungenkrank, aber sehr lieb und freundlich. Ihr Vati war Almuts Abgott, er war auch sehr lieb und nett. Als ich abends in das Zimmer gebracht wurde, in dem ich schlafen sollte, verschlug es mir den Atem. Ich kam mir vor wie Schneewittchen. Es war ein schönes Wochenende! Nach der Flucht haben wir uns leider aus den Augen verloren und nie wieder etwas voneinander gehört.

In der Zeit, als Vati eingezogen war, kam Dr. Weiß ab und zu, um sich zu erkundigen, ob Mutti Sorgen oder Probleme habe. Er bot Mutti auch Erbsenschrot an, um es mit dem anderen Futter zu vermischen, weil das ein gutes und schnelles Mastfutter für Schweine gab. Das Futter von Dr. Weiß hat unseren Schweinen tatsächlich gutgetan. Sie fraßen besser und nahmen zu.

Auch Muttis Schwager, Onkel Michael, schaute oft bei uns vorbei, um zu sehen, ob alles in Ordnung war. Eines Tages, als Hans und ich von der Schule kamen, standen Onkel Michael, Boleslav und ein Polizist vor der Haustür. Plötzlich schlug der Polizist Boleslav mit der Faust ins Gesicht. Ihm lief sofort Blut aus der Nase, dann schlug der Polizist ein zweites Mal zu. Hans und ich rannten gleich weg. Wir waren beide so schockiert, dass wir kaum wagten, nachzusehen, ob alles vorbei war. Später fanden wir Mutti weinend im Zimmer, völlig außer sich. Boleslav schwor ihr, dass es nicht stimme, was der Herr, und er meinte damit Onkel Michael, gesagt habe. Michael hatte dem Polizisten erzählt, dass der Knecht zu lange Pausen gemacht und zu wenig auf dem Feld gepflügt habe. Boleslav tat uns schrecklich leid, aber wir konnten nichts tun.

Über eines setzten wir uns damals aber hinweg: Es war verboten, mit den Polen gemeinsam an einem Tisch zu sitzen und zu essen. Doch Helene wollte mit Boleslav in der Küche essen und auch Mutti bestand darauf: »Wir essen an einem Tisch«, sagte sie. »Ihr arbeitet für mich und ihr esst auch mit uns.«

Boleslav hat uns dann verlassen. Er konnte mit dem Vorwurf, der ihm gemacht wurde, nicht leben.

Was bald darauf folgte, hat keiner vorausgesehen: die Flucht. Wir waren fünf Familien aus unserem Heimatdorf, zwei Familien aus Bessarabien und drei schwarzmeerdeutsche Familien aus Odessa.

Ein neuer Aufbruch ins Ungewisse

Am 19. Januar 1945 besuchte Dr. Weiß unsere Mutter und meinte sorgenvoll: »Frau Drescher, wir werden schon bald fort müssen. Doch wir werden nicht weit gehen, wir fahren so lange im Kreis, bis die Gefahr vorbei ist.«

Ich verstand nicht, was er meinte, doch ich verstand, dass wir gehen mussten. Schon im Jahr zuvor hatte man an alle deutschen Familien Gasmasken verteilt – für den Ernstfall. Unsere blieben ungeöffnet, wie wir sie bekommen hatten, auf dem Regal im Vorbau liegen. Am nächsten Morgen gingen wir wie jeden Tag zur Schule. Der Unterricht hatte gerade erst angefangen, als das Hausmädchen plötzlich in der Zimmertür erschien und unsere Lehrerin zum Telefon rief. Als sie zurückkam, schrieb sie ihre Heimatadresse an die Tafel und bat uns, sie abschreiben. Danach sagte sie: »Packt eure Bücher ein, ihr könnt nach Hause gehen.« Auf dem Nachhauseweg waren wir etwas verwirrt, wir glaubten, dass ihrem Mann vielleicht etwas zugestoßen sei.

Doch es kam noch schlimmer. Zu Hause hatte Helene an diesem Tag eine Gans geschlachtet und Mutti hatte sie zerkleinert und gekocht. Vom Brotwagen, der aus Bullagow kam, hatte Helene vier Brote geholt. Müller und Bäcker bekamen von uns Getreide geliefert, dafür kam der Bäcker einmal die Woche. Er fuhr dann von einem zum nächsten und jeder besaß ein kleines Heft, in das die Lieferungen eingetragen wurden, um zu wissen, wann der Müller wieder Getreide bekommen musste.

Gegen Mittag traf Dr. Weiß ein. »Frau Drescher«, sagte er,

»in zwei Stunden müssen wir abreisen, nehmen Sie nur das Wichtigste mit. Wir fahren nach Brandenstein (5 Kilometer) und dann geht es mit dem Zug weiter.« Was war das für eine Aufregung! Selbst Helene weinte. Es war schlimm für uns alle. Noch dazu hatte sich unser Nachbar aus Bessarabien, Christian Schlechter, eines unserer Pferde ausgeliehen, um seine Frau und seine Tochter abzuholen, und er war noch nicht wieder zurück.

Doch Dr. Weiß lieh uns ein Pferd. Es war ein schweres Tier, das etwas komisch aussah. Helene packte eilig das gekochte Gänsefleisch ein und wollte zwei Brote mit auf den Wagen legen. Da befahl Mutter ihr, drei zu behalten. Hans räumte seinen und meinen Schulranzen aus, nahm im Wohnzimmer die Gardinen ab, packte das gute Besteck, den Wecker und noch Doras Puppenmöbel ein, die sie zu Weihnachten bekommen hatte. Mutti stand weinend vor dem offenen Kleiderschrank und wusste nicht, was sie einpacken sollte. Sie war schier am Verzweifeln. Wir konnten doch nur so viel Gepäck mitnehmen, wie wir tragen konnten. Glücklicherweise hatte Mutti in der Nacht zuvor noch für Hans und mich einen leichten Rucksack aus Segeltuch genäht. Dann kam ein Nachbar und meinte: »Frau Drescher, wenn Sie mit dem Zug fahren müssen, wer soll das alles tragen? Seien Sie froh, wenn Sie Ihre Kinder retten können, und Sie haben ja auch noch Ihre Tante Liesbeth.«

Es war furchtbar.

Zum Schluss brachte Hans noch ein Federbett und warf es auf den Wagen. Helene holte außerdem eine Decke für Dora, die war ja noch so klein und es war kalt im Januar.

Wir brachen auf und ahnten nicht, was auf uns zukommen würde. Wir mussten um zwei Uhr nachmittags auf dem Gutsplatz sein. Dort bekam jedes Fuhrwerk noch eine große Ration Hafer. Wir hatten jedenfalls mehr Hafersäcke als Gepäckstücke.

In Brandenstein auf dem Bahnhof angekommen, bekam Dr. Weiß, der unser Treckführer wurde, Bescheid, wie es weitergehen sollte: Die Züge von Litzmannstadt waren überfüllt, wir mussten mit Kutschen und Fahrzeugen weiterfahren.

Wir fühlten uns ziemlich allein gelassen. Onkel Michael war ein paar Tage vor der Flucht zum Volkssturm eingezogen worden. Wir hatten nur unseren neuen Knecht, Anton. Er war ein Einheimischer, knapp sechzig Jahre alt, und sprach gut deutsch. Er begleitete uns jedoch nur bis zum dritten Abend. Als der Treck dann unvermutet zum Stehen kam, während er vorne mit meiner Mutter auf dem Kutschbock sitzend den Mond betrachtete, meinte er: »Haben Sie jetzt das Kreuz im Mond gesehen?« Mutti verneinte. Darauf meinte Anton, dass ein Kreuz im Mond kein gutes Zeichen sei. Und vielleicht dachte er in diesem Moment auch an seine Frau und seine Familie, denn er bat Mutti: »Frau Drescher, bitte lassen Sie mich zu meiner Familie zurückgehen.« Meine Mutter willigte ein. Sie gab ihm Geld und auch ein paar von den Zigaretten, die Vater uns von seiner Soldatenration nach Hause schickte. Mit dieser »Währung« hat Mutti sich so manchen Freund gemacht, wenn sie Hilfe brauchte, denn auch Zigaretten waren knapp.

Dann brach Anton auf. Er verabschiedete sich unter Tränen. Mutti wünschte ihm eine gesunde Heimkehr. Ob er zu Hause ankam, weiß ich nicht. Ich schrieb ihm, als wir in Welbsleben ankamen, einen Brief, doch ich erhielt nie eine Antwort.

Von da an saß Hans bei Mutti vorn und er erfüllte seine Aufgaben außerordentlich gut. Mutter tat es oft weh, wenn er sich so pflichtbewusst um die Pferde kümmerte. Er nahm die Futtersäcke, füllte sie mit Hafer und hängte jedem Pferd einen um, wenn die Futterzeit gekommen war.

Als die Hufeisen flach wurden, kam es vor, dass ein Pferd stolperte und hinfiel. Dann stieg Hans vom Wagen und legte ihm eine Decke oder einen Sack vor die Füße, damit sie beim Aufstehen Halt fanden. Das Brot und die Gänsestücke, die Helene gut für uns verpackt hatte, nützten uns nicht lange, mit der Zeit froren sie ein. Zu trinken hatten wir auch nichts. Wenn wir etwas ergattern konnten, war es nach kurzer Zeit ebenfalls gefroren. Einmal wurden wir in einer Kirche einquartiert. Dort bereiteten die Frauen aus dem Ort Pellkartoffeln und Sauerkraut für uns zu. Doch eine Kartoffelsuppe wäre besser für uns gewesen.

Mit der Zeit wurde unser Treck immer länger, und die Kirche war rappelvoll. Neben einem Füllofen sollten sich die Frauen mit kleinen Kindern niederlassen, um sie trocken zu legen. Manche Babys waren so wund, dass man das rohe Fleisch sah. Unsere Nachbarin aus Bessarabien, Tante Erna, hatte ein einjähriges Baby dabei, Heinzchen. Er war so wund und konnte schon nicht mehr laut weinen, so lange hatte er vor Schmerzen geschrien.

Danach waren wir in einer Bierbrauerei untergebracht. Das war toll. Wir Kinder konnten dort mal wieder so richtig rumlaufen. Was es zu essen gab, weiß ich nicht mehr. Ich kann mich aber noch genau an den warmen Pfefferminztee erinnern, den es gottlob in ausreichender Menge gab.

Das waren die zwei Einquartierungen. Später gab es ab und zu für Alte und Frauen mit kleinen Kindern eine Unterkunft. An eine Nacht kann ich mich noch gut erinnern. Der Treck lagerte auf einem großen Marktplatz. Mutti, Tante Liesbeth und Dora wurden in einem Haus untergebracht. Hans und ich blieben auf dem Wagen. Meine Cousine Eva, die Tochter von Onkel Michael, lagerte rechts von uns und daneben Eduard, der Knecht von Tante Erna.

Eduard hatte Hammer und Nägel dabei. Wie er auf den Gedanken gekommen ist, diese Dinge mitzunehmen, wusste keiner, wahrscheinlich trieb ihn sein Instinkt als Mann. Jedenfalls brach er von einem Gartenzaun Latten ab und baute mit Hans einen Schutz für unseren Wagen. Dann spannten wir eine Decke darüber und fühlten uns pudelwohl. Doch mit einem Mal erhob sich ein Geschrei auf dem Parkplatz und mein Cousin rief: »Partisanen sind auf dem Platz!« Da ging Eduard zu seinem Wagen. Hans und ich blieben ganz still auf dem unseren. Wir hatten große Angst. Partisanenalarm hatten wir in Sonnenhof erlebt. Da hatte Mutti uns leise geweckt, den Finger auf den Mund gelegt und zum Hoffenster gezeigt. Dort stand jemand und leuchtete mit der Taschenlampe ins Haus. Seit Vati im Krieg eingezogen wurde, schliefen wir immer in einem Zimmer zusammen. Doch er konnte nichts sehen, weil wir Vorhänge an den Fenstern hatten. Einige Tage zuvor hatte uns damals Herr Schlechter erzählt, dass es in Mokronos, das etwa drei bis vier Kilometer entfernt lag, Partisanen gebe. Helene ging sonntags immer in die polnische katholische Kirche in Mokronos. Das hat sie danach nicht mehr getan.

Als Mutti, Dora und Tante Liesbeth am nächsten Morgen erschienen, freuten sie sich über das, was Hans und Eduard gebaut hatten. Kurz darauf hieß es erneut: Aufbruch! Wir zogen weiter in ein Dorf, dessen Namen ich vergessen habe. Das Einzige, was mir in Erinnerung blieb, ist, dass eine Familie aus unserem Treck ihre Oma verlor. Sie wurde eingewickelt und sollte an Ort und Stelle beerdigt werden. Doch sie wurde gestohlen. Die Diebe dachten wohl, es handele sich um ein totes Schwein. So ernst die Lage war, kam doch kurz Gelächter auf: sich vorzustellen, die Täter packten das vermeintliche Schwein aus und eine Oma kam zum Vorschein!

Es folgte wieder eine schreckliche Nacht, die wir mit Angst und Zittern verbrachten. Die Fahrt ging weiter und wir hatten bereits Schlesien erreicht. Im Wagen vor uns fuhr

Opa Gregor und Elisabeth Schwarz mit drei Töchtern und Sohn – Mathilde, Brigitte, Emma und Alois. Opa Gregor Klein mit Oma Anna hatte auch einen Wagen. Unsere Gespanne blieben immer zusammen. Bei einer Rast kam Mathilde und fragte mich, ob wir zu dem Gutshaus, das man sehen konnte, gehen wollten, um Wasser zu holen. Wir liefen hin und fanden alles verlassen vor. Die Leute waren offenbar schon geflüchtet. Wir gingen in den Pferdestall, der sehr groß war, und verrichteten unsere Notdurft. Dort war es wenigstens warm! Dann füllten wir unsere Flaschen mit Wasser und rannten zurück. Zu unserem Entsetzen stellten wir fest, dass sich der Treck schon wieder in Bewegung gesetzt hatte. Wir liefen an den Wagen entlang, doch je weiter wir vorankamen, desto fremder schienen uns die Gesichter. Zum ersten Mal wurde uns bewusst, wie lang die Kolonne geworden war. Uns kamen die Tränen und wir meinten, wir müssten in die andere Richtung laufen. So rannten wir eine Weile weiter, bis wir plötzlich in der Ferne meinen Bruder Hans sahen, der uns entgegenlief. In diesem Moment wurde mir bewusst, was Verlust bedeutet. Jetzt nahm ich die Pferde und umgekippten Wagen, die im Straßengraben lagen, mit anderen Augen wahr. Wie glücklich fühlte ich mich, wieder bei den Meinen zu sein.

Der Winter machte uns heftig zu schaffen. So schön der Schutz mit der Decke über uns war: Wir merkten bald, dass er nicht viel half. Der Schnee blieb auf der Decke liegen, unser Atem erwärmte ihn und dann tropfte er auf uns herab. Mutti und Hans wechselten sich auf dem Kutschbock ab. Mutti fuhr immer nachts, weil das anstrengender war. Oft hatte sie vor lauter Anstrengung Punkte vor den Augen und konnte kaum den Vorderwagen erkennen.

Einmal, als wir wieder einmal eine Pause machten, ging Dr. Weiß von einem Wagen zum nächsten. Mutti fragte ihn vorwurfsvoll, warum er ihr nicht gesagt habe, dass wir mit dem Wagen so weit weg müssten. Wir hätten nicht viel mitgenommen und in der Heimat stünde so vieles, was wir jetzt gut gebrauchen könnten. Er entschuldigte sich nur. Es tat ihm ebenfalls leid, aber er konnte es nicht ändern.

Als wir nachts vor Breslau lagerten, beschlich uns große Angst. In der Ferne hörten wir das Donnern der Geschütze und uns wurde mulmig zumute. Mutti forderte uns auf zu beten. Sie selbst betete oft den Rosenkranz, den sie in Vatis Lederjacke dabei hatte.

In dieser Nacht verabschiedete sich Dr. Weiß von uns. Er wünschte uns eine gute Fahrt. Wir würden uns bestimmt wiedersehen, wenn Gott es wolle.

Die ganze Nacht fuhr die deutsche Armee durch Breslau, weshalb wir nicht vorwärts kamen. Als wir über eine Stahlkonstruktionsbrücke fuhren, mussten wir plötzlich warten. Die Brücke war sehr breit und auf dem gegenüberliegenden Gerüst standen Frauen mit Kindern. Plötzlich kam eine Frau mit ihrer Tochter auf unseren Wagen zu und sagte ihr etwas auf Polnisch. Da schenkte das Mädchen meiner Schwester Dora ihre Puppe.

Die Oder führte zu dieser Zeit nicht viel Wasser. An ihren Ufern lagen mehrere Zeppelin-Luftschiffe. Am Tag, als wieder alles ruhig war, zogen wir weiter. Als wir über einen großen Platz fuhren, stand ein deutscher Soldat an einer Straßengabelung und wies meine Mutti an, nach links abzubiegen. Mutti wollte aber nach rechts weiterfahren, weil ihre Landsleute diesen Weg eingeschlagen hatten. Doch der Soldat bestand darauf. Mutti hatte die Leine fest in der Hand. Plötzlich zog der Soldat seine Pistole und zielte auf uns. Ich umarmte Mutti von hinten. Da rief sie Hans leise zu: »Nimm die Peitsche!«, und schon waren wir weg. Der Soldat musste zur Seite springen, sonst wäre er unter die Räder gekommen.

Wie oft uns Gott beschützt hat oder wie viele Engel er uns schickte, kann ich nicht sagen. Ich weiß nur, dass wir oft gezittert haben und auch heute, wenn ich davon erzähle, erfüllen mich Angst, Erregung und Wut.

Unser Treck bestand jetzt nur noch aus vier Gespannen – aus unseren Landsleuten und uns. So fuhren wir ohne Treckleitung, ohne Karte, ohne zu wissen, wo die Straßen enden würden. In einer Nacht hatten wir sogar das Glück, in Wohnhäuser einquartiert zu werden, dafür sorgte der Bürgermeister des Dorfes. Unsere Männer, also Onkel Michael, Onkel Georg, Onkel August und Hans wollten am nächsten Morgen in aller Frühe den Schmied aufsuchen, weil die Pferde neu beschlagen werden mussten, was sie am Abend zuvor mit dem Schmied besprochen hatten. Die Bäuerin, bei der wir die Nacht verbrachten, war sehr nett und gut zu uns. Sie versicherte Mutti, dass sie uns morgens rechtzeitig wecken würde. Eine Uhr hatten wir ja nicht. Die Bäuerin stellte Hans eine Tasse warme Milch und Brot hin. Ich glaube, er ist um halb fünf aufgebrochen. Als er nach einiger Zeit weinend zurückkam, rief er: »Mutti, der Schmied hat mich nur angeguckt und gemeint, die anderen seien schon weg!«

Danach hat uns das Frühstück nicht mehr geschmeckt, obwohl es das erste richtige Frühstück seit Tagen war. Nun waren wir allein auf Gottes Welt. Wir fuhren und fuhren. Am späten Nachmittag erkannte Hans von Weitem ein Gespann mit einem schwarzen Pferd und einem Schimmel. Ich hörte sein freudiges Rufen: »Mutti, das sind Onkel Michael und Tante Marianne!« Wir hatten den Anschluss wieder gefunden.

Am 13. Februar 1945 erreichten wir Welbsleben am südlichen Harzrand in Sachsen-Anhalt. Ein Hitlerjunge hatte uns von Hettstedt abgeholt. Er fuhr mit dem Fahrrad neben unserem Wagen her und brachte uns bis zur Gaststätte »Zur Sonne«. Ein älterer Mann kam zur Haustür, nachdem der Junge uns gemeldet hatte. Er bat uns, ein wenig zu warten, der Bürgermeister komme gleich. Während wir warteten, brachte eine Frau aus dem gegenüberliegenden Haus für jeden von uns eine Tasse Kakao. Wie gut schmeckte uns dieses heiße Getränk nach drei Wochen Flucht bei Wind und Wetter! Was für ein herrlicher Genuss. Diese gütige Frau hieß Frau Geppert. Sie lebte später in unserer Nachbarschaft.

Der Bürgermeister brachte uns schließlich zu unseren Quartieren: Onkel Michael kam zum Gehöft einer reichen Bäuerin namens Luzi Schmidt und wir zum Gehöft von Werner Samtleben. Als wir in die Toreinfahrt fuhren, dachten wir noch: »Wo bringt man uns nur hin?«, weil ein Teil des Wohnhauses über das Portal reichte und die Einfahrt zum Hof etwas abfiel. Doch es ging alles gut. Die Bäuerin, Margarete Samtleben, kam uns entgegen und begrüßte uns. Ihr Dienstmädchen, Fräulein Demmel, stützte Tante Liesbeth, weil sie ganz steif vom vielen Sitzen war. Herr Samtleben zeigte Hans, wo er die Pferde unterstellen konnte, und gab ihm auch Futter.

Das leckere warme Essen, das Frau Samtleben zusammen mit Fräulein Demmel für uns zubereitete, war einfach köstlich. Ich weiß nicht mehr, was für eine Suppe es war – vielleicht »Himmel und Erde«, ein Gericht, das wir neu kennenlernten. Auf alle Fälle schmeckte sie mehr als gut. Frau Samtleben freute sich über Doras Appetit. Ich hätte am liebsten noch mehr gegessen, aber ich schämte mich, meinte Dora.

Danach führte Fräulein Demmel Hans, Dora und Tante Liesbeth in unsere Zimmer: ein größeres und ein kleineres. Es gab nur drei Betten. In dem kleinen Zimmer schliefen Hans und Tante Liesbeth. Im großen Zimmer schlief Mutti mit Dora und ich lag auf der Couch. Die Betten waren mit schöner karierter Bettwäsche überzogen. Mit unserer eigenen Bettwäsche besaßen wir damit für jedes Bett zwei Garnituren. Ein richtiger Luxus.

Bevor wir in unsere Zimmer gingen, hatte Herr Samtleben Mutti noch aufgefordert, mit ihm die Nachrichten anzuhören. Weil Mutti sich unterwegs ein Kniegelenkrheuma zugezogen hatte, konnte sie ihr linkes Bein nur hinter sich herziehen und ich half ihr, sich abzustützen. Deshalb durfte ich die Nachrichten mit anhören.

Wir hörten Bombenexplosionen, Schießen und Donnern, dazu die Meldung, dass Dresden soeben bombardiert werde. Es war erschreckend, und ich dachte bei mir: »Hört die Angst denn nie auf.«

Als wir nach oben gingen, war auch Mutti niedergeschlagen. Wir wussten ja nicht, wo Vater sich befand. Mutti schrieb ihm dann von Welbsleben aus noch an die alte Feldpost-Nummer, aber es kam keine Antwort.

Am nächsten Morgen meldete ich uns beim Bürgermeister an, holte unsere Lebensmittelkarten und erledigte alle möglichen Dienstbotengänge. Das Saubermachen wie das Treppenwischen gehörten ab sofort zu meinen Aufgaben.

Auf unserem Flur wohnte eine Familie aus dem Rheinland mit drei Kindern: Gerda war zwei Jahre älter als ich. Josef war der Zweite und Peter der Jüngste. Auf dem Flur stand ein gemauerter Herd, auf dem wir kochten. Jeder hatte auf dem Zimmer noch einen gusseisernen dreistöckigen Ofen. Dort konnte man auch etwas kochen. Meine geliebten Plinsen musste ich aber im Flur auf dem Herd backen.

Ich beobachtete, dass viele Leute am Wochenende Kuchen zum Bäcker brachten, und so schlug ich Mutti vor, dass wir Mehlpunkte sammeln sollten, um auch einen Blechkuchen zu backen. Da es Mutti schwerfiel, lange zu stehen, nahm ich die Sache in die Hand; sie musste mir nur erklären, wie es ging. Da wir kein Geschirr besaßen, lieh ich mir alles von Frau Samtleben aus: Schüssel, Nudelholz und vor allem das Kuchenblech. Der junge Herr Samtleben, er hieß Werner, hörte das alles mit an und lachte mich aus. Du bist doch viel zu klein, meinte er, doch ich war immerhin schon dreizehn

Jahre. Der Hefeteig ging gut auf und so stellte ich mir eine Fußbank zurecht und begann, denn Teig auf dem Blech auszuwalzen. Als der junge Herr das dann sah, lobte er mich überrascht. Mutti riet mir, Marmelade draufzustreichen, die hatten wir uns vom Mund abgespart. Obendrauf verteilte ich dann die selbst gemachten Streusel.

Die ersten acht Tage unseres Aufenthalts bekamen wir von Frau Samtleben morgens Kaffee und alles, was dazugehörte, sowie Mittagessen und Abendbrot. Herr Samtleben brachte uns Brennmaterial, bis wir unsere Kohle- und Holzkarten bekamen. Hans half im Gegenzug auf dem Acker mit, ich machte mich meistens im Haushalt nützlich. Mit Fräulein Demmel hatte ich den größten Spaß, sie war lieb und lustig. Abends nach Feierabend sind wir beide oft zum Fachsplan, einem Ackerstück, das heute Husters Holz heißt, gegangen, um Brennnesseln für das Kleinvieh zu holen, einen Spaziergang zu machen oder einen Feldstrauß zu pflücken. Sie nahm mich auch mit zum Kükengarten mit einem schönen, beheizbaren Kükenhaus. Darin stand ein viereckiger Grudeofen mit einem Deckel darauf. Wenn man dort Glut reinschüttete und feinen Koks draufstreute, ging der Ofen nie aus. Die Küken hatten es darunter schön warm und gemütlich. Das Gerät nannte man wohl ganz zu Recht »Kükenglucke«.

Wenn die Küken, das heißt die jungen Hähne, herangewachsen waren, sodass sie beschnitten werden konnten, kam der »Schweineschneider« Kämpfer, holte die Hoden unter dem Flügel hervor und ritzte sie mit einem kleinen scharfen Messer auf. Ich empfand dies Tierquälerei. Die Hähne waren nun Kapaune und wurden schneller größer und auch dicker.

Frau Samtleben baute schnell ein gutes Verhältnis zu Mutti auf. Wann immer sie Zeit hatte, besuchte sie Mutti und erzählte ihr von ihrem gefallenen Sohn Horst. Oder sie las Mutti die Briefe vor, die er aus dem Krieg nach Hause geschrieben hatte.

Der Krieg ist zu Ende

Wann die Amerikaner ins Dorf kamen, hab ich mir nicht gemerkt. Doch irgendwann breitete sich die Nachricht aus, dass die Amerikaner näher rückten und an der Siedlungsbrücke wurde eine Panzersperre aufgebaut. Das Haus von Herrn Samtleben stand direkt an der Kreuzung nach Quenstedt, Harkerode und Aschersleben und wir hatten von unserem Stockwerk aus einen guten Ausblick nach allen Seiten. Eines Tages hieß es: »Die Amerikaner kommen näher.« Herr Samtleben lief aufgeregt auf der Straße auf und ab, um Ausschau zu halten. Wir sahen von oben zu und warteten gespannt, was passieren würde. Kein Mensch war auf der Straße zu sehen.

Plötzlich schrie Herr Samtleben auf. Drei Hitlerjungen, jeder mit einer Maschinenpistole in der Hand, postierten sich an der Scheunenecke von Herrn Samtleben. Sie warteten auf die Amerikaner und wollten den Ort verteidigen. Herr Samtleben rief lautstark: »Macht, dass ihr wegkommt! Werft diese Dinger weg und geht zu eurer Mutter nach Hause.« Das taten sie dann auch ganz folgsam. Dann rückten die Amerikaner an; ohne Schüsse, ohne Gewalt. Sie suchten nach deutschen Soldaten.

Plötzlich wimmelte es überall von Soldaten und Offizieren – deutschen wie amerikanischen. Wo die alle herkamen, blieb mir schleierhaft. Frau Samtleben, Fräulein Demmel und das Polenmädchen Josefa bereiteten eilig Brote zu und legten sie in einen Korb, die ich, da ich klein war, dann den deutschen Soldaten reichte. Sie hielten die Hände nach hinten, wo ich ihnen die Schnitten reichte und wo mich keiner sehen konnte.

Später wurden die Deutschen zu Pastors Bäumen gebracht, einer Wiese mit vielen Obstbäumen, die mitten im Dorf lag. So schnell, wie die Deutschen gekommen waren, so schnell und ohne Aufsehen waren sie wieder verschwunden. Danach zogen die Häftlinge aus den Konzentrationslagern in ihrer gestreiften Kleidung in Gruppen durch Welbsleben. Einige von ihnen schliefen eine Nacht in Herrn Samtlebens Scheune. Er ließ es zu, hielt aber die ganze Nacht Wache, weil er misstrauisch war. Ihre Not hat er offenbar nicht verstanden.

Ich erinnere mich da noch an einen anderen Zwischenfall: Als die Zeit zum Kartoffelstecken kam, fuhren die Frauen wie immer mit dem Wagen aufs Feld. Hans war schon mit den Knechten vorweggefahren, ich saß mit den Frauen auf dem Wagen. Da sahen wir schon von Weitem einen KZ-Häftling im Straßengraben hocken, Kopf und Arme auf die Knie gestützt. Herr Samtleben sprang vom Wagen und stieß ihn leicht mit dem Bein an. Da fiel er um. Er war vor Erschöpfung gestorben. Stille machte sich schlagartig breit. In mir, mit meinen dreizehn Jahren, stieg Angst auf.

Nachdem die KZ-Insassen durchgezogen waren, machten sich viele Westdeutsche auf den Weg, auch unsere Rheinländer. Gerda schenkte mir ein Buch als Andenken und versprach, mir zu schreiben. Aber ich habe nie wieder etwas von ihr oder ihren Geschwistern gehört.

Als die deutsche Wehrmacht nachts durch Welbsleben zog, forderte man von Herrn Samtleben ein Pferd. Er gab ihnen unseres, ohne meine Mutter zu fragen. Die Wehrmacht war zwar mit Sicherheit nicht zu langen Diskussionen bereit, aber trotzdem fanden wir sein Handeln unfair. Erst am nächsten Morgen informierte er Mutter davon. Ein Ukrainer, der als Schweizer bei Samtlebens war und alles mitbekommen hatte, erzählte uns dann, dass es schon stimme, dass die Soldaten ein Pferd forderten. Doch unser Pferd stand nicht im Pferdestall, sondern im Kutschenschuppen, wo niemand Pferde vermutet hätte. Herr Samtleben wollte seines offensichtlich nicht hergeben. In dieser Nacht wurden noch mehr Pferde aus dem Dorf mitgenommen.

Ich ging sogar zu dem alten Bürgermeister, um mich zu erkundigen, ob wir unser Pferd wiederbekämen, doch der konnte keine Auskunft geben. Aber bald schon sprach sich herum, dass die Pferde in Quedlinburg stünden. Dort, wo Männer im Hause waren, holten die sich ihre Pferde zurück, so wie Onkel Michael und der alte Jakob Rebmann. An uns aber dachte keiner. So waren wir unser Pferd los, ohne einen Pfennig dafür bekommen zu haben.

Dann kamen die Russen. Doch während die Amerikaner uns Schokolade, den Jungs Zigaretten und den großen Mädchen Strümpfe geschenkt hatten, gingen die Russen nicht so freundlich mit den Leuten um.

Der Sommer kam und wir naschten die ersten reifen Kirschen. Auf der Quenstedter Straße standen damals rechts und links Kirschbäume, die nicht verpachtet waren. Also verkaufte die Gemeinde die Bäume jedem, der einen haben wollte. Wir hatten zwei Bäume in der Nähe von Weißbarts Garten. Pro Baum zahlten wir fünf Mark. Glücklicherweise waren die Bäume nicht groß, denn wir besaßen keine Leiter – brauchten wir auch nicht, denn Hans war ein Meister im Klettern. Gemeinsam krabbelten wir in den Bäumen herum und ernteten. Mutti hat sich mit uns gefreut über das, was wir heimbrachten. Gläser zum Einkochen gab es nicht, doch dann sprach sich herum, dass man auch in Flaschen einkochen könne. Nun hieß es, Flaschen mit einem breiten Hals zu besorgen. Das war mühsam, doch schließlich hatten wir einige zusammen. Mutti verschloss sie mit Wachs und Zelluloidpapier, das Frau Samtleben ihr gegeben hatte. Das funktionierte recht gut, auch wenn das Entleeren mühsam war, aber mit einer Stricknadel ging es und die Kirschen schmeckten wunderbar.

Im Spätsommer überraschte uns eine erfreuliche Meldung: »Wir können wieder zurück in unsere Heimat«, hieß es. Wer die Nachricht aufgebracht hatte, wusste aber keiner so recht. Auf alle Fälle begannen wir sofort, unsere Siebensachen zu packen und Richtung Leipzig aufzubrechen. Viel Gepäck hatten wir sowieso nicht. Onkel Michael und wir waren die einzigen Landsleute in Welbsleben. Elsbeth Döring, die einen Kohlehandel betrieb und eine kleine Landwirtschaft, war bereit, uns nach Leipzig zu bringen. Wann genau das war, weiß ich nicht mehr, doch ich erinnere mich, dass schon grüne Äpfelchen an den Bäumen hingen. Wir setzten uns auf unser Gepäck auf dem Anhänger und los ging es.

Die Fahrt führte durch Leipzig zu einigen umzäunten Baracken, die außerhalb standen. Dort wurden wir untergebracht. Überall standen Doppelstockbetten mit Decken. Aber das kannten wir ja schon. Tante Marianne, Onkel Michael, Eva, Mina und wir waren zum Glück in einem Raum. Immer mehr Landsleute trafen ein und es war schön, viele, die man jahrelang nicht gesehen hatte, wiederzusehen. Sie kamen von überall her, nur nicht aus dem Westen.

Ein russischer Kommandeur betreute uns. Zu essen gab es genügend, auch täglich eine gute warme Mahlzeit. Wir mussten sie von der Großküche abholen. Brot und Zutaten bekamen wir wöchentlich zugeteilt. Morgens konnten wir uns Tee, Kaffee oder Milch dazuholen. Kunsthonig gab es so viel, dass wir mit den Leuten aus der Stadt einen Tauschhandel aufbauten. Butter und Wurst gab es auch.

Häufig wurden musikalische Abende veranstaltet und sogar Theaterstücke führte man uns vor. Sie sangen und tanzten sehr schön. Dann schlugen die älteren Jugendlichen vor, dass wir auf Rumänisch etwas singen und dazu tanzen sollten. Auch ich durfte mitmachen und es machte viel Spaß. Franz Schüssler spielte mit seinem Akkordeon für uns Malkotscher zum Tanz auf. Die Größeren konnten bereits tanzen, wir Dreizehn- bis Vierzehnjährigen noch nicht. Walli Drescher lernte mir und meiner Freundin Filomena dann den Walzer. Ach, was waren wir glücklich, als wir es konnten. Am liebsten hätten Finni und ich nie aufgehört zu tanzen. Franz und Walli wurden dann ein Paar. Sie haben später geheiratet.

Die fünf Familien aus Sonnenhof waren ebenfalls mit in Leipzig, darunter Mathilde Schwarz. Sie konnte gut singen und machte auch beim Tanzen mit.

Wie lange wir in Leipzig waren, weiß ich auch nicht mehr. Von dort wurden wir nach Oschatz gebracht. Um unseren Transport kümmerten sich die Russen noch, nicht aber um unsere Verpflegung. Wir waren nun auf uns selbst gestellt, auf einem Abstellgleis im Bahnhof. Dort hausten wir in den Waggons. Die Frauen bauten aus Steinen Feuerstellen, wo wir Kaffee oder Tee kochten. Zum Glück hatten wir aus Leipzig noch Brot dabei. Ein Mittagessen war schon schwieriger zuzubereiten, denn dazu brauchte man mehr als nur Wasser.

Die Männer zogen dann los in die Stadt, um Lebensmittel aufzutreiben. Sie fanden eine Mühle, die Getreide zu Mehl verarbeitete, und kauften das Mehl. Auf den Feldern gab es Kartoffeln, die wir Kinder ausbuddelten. Doch schon bald wurde es unseren Erwachsenen zu bunt, weil keiner für uns zuständig war. Mein späterer Schwager Ignatz Drescher und der Vater von Finni, Josef Drescher, suchten in Oschatz den russischen Kommandeur auf, um sich zu erkundigen, was aus uns werden sollte. Zwei höhergestellte Offiziere kamen dann in ihren Uniformen mit zu uns raus. Sie erklärten den Männern, dass nur die reinen Rumänen nach Hause gebracht würden, die Rumäniendeutschen hingegen nicht. Die Männer zeigten ihre rumänischen Soldbücher, aber es half nichts, wir mussten bleiben. Nun stand die Frage an, wohin wir gehen sollten. Kurz darauf wurden wir mit Lkws nach Klostermansfeld in eine Gaststätte gebracht. Ein paar Tage später ging es weiter nach Hettstedt in Baracken über einem Walzwerk. Dort herrschte das völlige Chaos. Tante Marianne, Onkel Michael, deren Kinder und wir wurden wieder zusammen in einem Raum untergebracht. An Inventar gab es das Übliche: Doppelstockbetten, Eisengestelle, Strohsäcke und Decken. Verpflegen mussten wir uns selbst. Schon in der ersten Nacht machten wir Bekanntschaft mit Wanzen und anderem Getier. Tante Marianne war am nächsten Morgen richtig entstellt im Gesicht. Tante Liesbeth hatte auch ein paar Stiche abbekommen.

Wir Jugendlichen zogen auf die Felder, um Essbares zu suchen. Wir fanden auch ein großes Kartoffelfeld und buddelten Kartoffeln aus. Weil das so gut geklappt hatte, gingen wir am nächsten Tag noch mal dorthin. Aber es dauerte nicht lange, da eilte ein Mann herbei und befahl uns, uns fortzuscheren. Wir ließen uns das nicht zweimal sagen und waren froh, dass wir die Kartoffeln behalten durften.

Alle bemühten sich, wieder dorthin zu kommen, wo sie schon einmal gewohnt hatten. Also wollten wir in Welbsleben anfragen. Es war inzwischen Oktober geworden. Tante Marianne und ich gingen zu Fuß nach Welbsleben und suchten den Bürgermeister auf. Er versprach uns, Gespanne zu schicken. Und tatsächlich: Ein Bauer namens Hühne schickte seinen Knecht Leo mit Pferd und Wagen, um uns zu holen. So wohnten wir bis zum Herbst 1946 recht beengt in Welbsleben. Zu den Samtlebens konnten wir nicht mehr, weil die Großbäuerin Luzi Schmidt dort

Möbel und wertvolle Habe untergestellt hatte und selbst fortgegangen war.

Unvermutet fand meine Mutti ihre älteste Schwester Felizia wieder und ließ sie zu uns bringen. So wohnten wir zu sechst in einem Raum, in dem ein Füllofen stand, ein Schrank, ein Bett, ein Tisch, vier Stühle und ein Sofa. Dazu hatten wir noch eine schräge Dachkammer, in die zwei Betten passten. Meine beiden Tanten schliefen in einem Bett, Hans in dem anderen. Dora und Mutti teilten sich eines und ich bekam das Sofa.

Am 14. März 1947 führte die Schneeschmelze zu einem schweren Hochwasser, in dem viele Tiere ertranken. Wir wohnten seit Herbst 1946 bei einer Frau Bröse und ihrem Sohn Gerhard und waren, für die damaligen Verhältnisse, recht gut untergebracht. Wir wohnten mitten auf dem Hof in einem Gebäude, das man damals Professorenhäuschen nannte. Frau Bröse überließ uns vier Betten, weil Tante Liesbeth Arbeiten umsonst verrichtete. Sie kehrte den großen Hof, pflückte Brennnesseln fürs Kleinvieh, machte den Hühnerstall sauber, der so niedrig war, dass ein Erwachsener darin nicht stehen konnte. Für Tante Felizia fand Mutti mithilfe des Bürgermeisters eine andere Wohnung. bei einer Frau Kersten, die an einem Bach wohnte. Nun waren wir wieder für uns. Das Zusammenleben verlief jetzt ruhiger, denn Tante Liesbeth und Felizia verstanden sich nicht gut. Mutter hatte immer zugesehen, dass die beiden beim Essen voneinander getrennt saßen, weil Tante Liesbeth stets schaute, wie viel Felizia aß.

Um über die Runden zu kommen, lasen wir auf den Feldern auf, was es gab: Ähren, abgebrochene Mohnkapseln, Bohnen oder Erbsen. Beim Aufladen fiel immer etwas vom Wagen, und so sammelten wir Bohne für Bohne, Erbse für Erbse in unsere Beutel. Oft saßen wir am Straßengraben und warteten, bis der Bauer das Feld freigab, um dann zu stoppeln. 1946, als wir noch bei Familie Hühne wohnten, erntete der Inspektor vom Gehöft der Luzi Schmidt Möhren an der Ermslebener Straße. Wunderbare Möhren: süß, saftig und schön orangefarben! Wir kauften uns einen Sack und aßen am Tag statt einer Schnitte Brot ein, zwei Möhren – auch abends, denn die Lebensmittelrationen, die wir auf unsere Karten erhielten, waren karg bemessen, und Hunger tut weh. Die Ähren, die wir einsammelten, brachten wir zu Hermann Gallus in der Grünen Gasse. Er besaß eine kleine Dreschmaschine für Ähren. Im Nu war ein Sack durchgedroschen. Das ging rasch, auch wenn man dafür bezahlen und Schlangestehen musste. Es gab damals überall viele Flüchtlinge, die hielten die Äcker sauber und sammelten in den Wäldern trockenes und morsches Holz, das auf dem Boden lag.

Einmal waren Hans und ich wieder draußen im Wald unterwegs, um einen Schlitten voll Holz zu holen. Am Tag zuvor hatten wir einen langen Ast gesehen. Um ihn transportieren zu können, borgte Hans sich bei Frau Bröse ein kleines Beil. Doch an diesem Tag kam der Waldbesitzer in den Wald. Wir sahen ihn zwar, kümmerten uns aber nicht weiter um ihn, weil wir ja nichts Verbotenes taten. Doch Wilhelm Schmidt, so hieß er, fragte uns mit strengen Worten, wer uns erlaubt habe, im Wald Holz zu sammeln. Wir antworteten nur: »Das Holz liegt doch sowieso herum.«

»Leert den Sack aus und lasst das Bündel hier, das auf eurem Schlitten liegt«, befahl er. Und so mussten wir mit leeren Händen und weinend nach Hause gehen. Wir bekamen nicht viel Brennmaterial zugeteilt, so mussten wir uns umtun, um eine warme Bleibe zu haben. Wir besaßen ja nur die Feuerstelle im Wohnzimmer. Gekocht haben wir meistens auf der kleinen Grude in der Küche.

Zu dieser Zeit wurde täglich abends der Strom abgestellt, doch wir langweilten uns dann nicht: Hans spielte Mundharmonika, Mutti, Dora und ich sangen dazu. Den Bindfaden, mit dem das Getreide mit dem Binder bzw. das Stroh an der Dreschmaschine festgebunden wurde, verwendeten wir zum Stricken, ebenso das weichere Garn der Zuckersäcke. Daraus entstand so manche Tasche.

Ein Plumpsklo gab es auch. Es stand vorn am großen Eingangstor. Man musste also über den ganzen Hof laufen. Das war unangenehm, vor allem wenn es regnerisch oder kalt war. Insgesamt stellte ich fest, dass Not erfinderisch macht und irgendwie schafften wir es immer, zu besorgen, was fehlte.

Dann wurden Schrebergärten geschaffen. An der alten Aschenkuhle wurde der Acker von Luzi Schmidt in Parzellen aufgeteilt. Wir bekamen auch eine, leider an einem Rand, wo es sich schwerer arbeiten ließ und das Regenwasser schneller ablief. Hans und ich gruben alles um und legten einen Weg an, weil Mutti mit ihrem Gelenkrheuma behindert war. Doch als die Zeit zum Aussäen kam, gab sie uns Anweisungen. Das Pflanzen von Kohlsorten und Tomaten war nicht so schlimm. Diese Pflanzen besorgten wir bei der Gärtnerei Ernst in Ermsleben. Das Wassertragen war schon mühsamer. Unterhalb unseres Gärtchens floss ein kleiner Bach, aus dem wir uns bedienten. Dazu borgten wir uns eine Gießkanne von einem netten Nachbarn. Es sprach sich schnell herum, wer es mit uns Flüchtlingen gut meinte, denn viele gab es nicht. Dann bekamen wir Kaninchen. Onkel Jordan half Hans, einen kleinen Stall zu bauen. Jetzt hatten wir das Gefühl, es geht bergauf.

Viele Leute kamen aus der Stadt aufs Land, um Lebensmittel einzutauschen. Eine Frau aus Chemnitz kam oft zu uns. Wenn sie etwas hatte, was wir brauchten, überließ sie es uns. Wir lernten sie näher kennen, weil Mutter ihr einen Teller Suppe anbot, als sie bei uns war, denn wir wussten ja, wie sich Hunger anfühlt. Sie wurde für uns zu Tante Else.

Ich wollte auch etwas lernen fürs Leben, und zwar das Nähen. Ich fragte also bei der Schneidermeisterin Gertrud Held an, ob ich bei ihr lernen könne. Sie war einverstanden, verlangte aber, dass ich eine Nähmaschine mitbringe. Wir besaßen natürlich keine. So fuhr ich gleich am nächsten Morgen nach Aschersleben. In der Straße, in der früher der »Braune Hirsch« war, befand sich ein kleines Geschäft mit einer alten Schusternähmaschine im Fenster. Ein alter Mann hörte sich freundlich meinen Wunsch an. »Ja«, meinte er, »ich kann dir kleinem Fräulein helfen, wenn du mir auch hilfst.« Er wollte für seine Pfaff-Nähmaschine hundert Mark, einen Zentner Weizen und ein Kaninchen.

»Wie schnell muss ich Ihnen das alles bringen?«, fragte ich.

»Lass nicht zu viel Zeit verstreichen«, erwiderte er nur.

Ich bat ihn, mir zwei Tage Zeit zu lassen, weil ich nicht wusste, wie ich alles zu ihm schaffen sollte. Früher fuhr kein Bus, sondern eine Asta, ein kleiner Bus, wie wir ihn heute als Sechs- oder Zehnsitzer kennen, in der es oft großes Gedränge gab. Der Fahrer versuchte immer, ein Plätzchen für alle zu finden, aber das half nicht immer.

Zu Hause beichtete ich Mutti alles und sie gab mir den Rat, Onkel Franz zu fragen. So hieß Tante Felizias Mann, der bereits aus britischer Kriegsgefangenschaft zurück war. Onkel Franz nahm meine Bitte freundlich auf und meinte: »Wenn ihr alles da habt und auch einen Handwagen, dann gehen wir morgen früh los und holen die Nähmaschine.« Gesagt, getan.

Der alte Mann, mir kam er damals zumindest alt vor, freute sich über die Bezahlung, die ich ihm brachte, und ich bekam meine Nähmaschine. Wir hatten eine Decke mitgenommen, damit die Maschine im Handwagen nicht beschädigt würde, und einen Strick, mit dem wir sie festbanden.

Voller Freude ging ich am nächsten Tag zu Fräulein Held.

Doch die erklärte mir, dass die Handwerkskammer nicht zulasse, dass ich bei ihr lerne. Ich kann nicht beschreiben, wie mir in diesem Moment zumute war. Ich war entsetzt, betroffen, gekränkt – alles zur selben Zeit – und vor allem todtraurig. Ich war so glücklich darüber gewesen, dass Onkel Franz mit mir diesen Weg zu Fuß unternommen hatte, immerhin eine Strecke von sieben Kilometern, und dann diese gemeine Absage. Es dauerte nicht lange, da erfuhr ich, dass ein anderes Mädchen an meiner Stelle angefangen hatte. Sie war eine Einheimische, ich nur ein Flüchtlingskind. Trotzdem waren wir durch die Nähmaschine etwas reicher geworden, und Mutti brachte mir schnell das Wichtigste bei, was mir später sehr zugutekam.

Im Herbst 1947 musste ich ins Krankenhaus, weil mich ständig Bauchschmerzen quälten. Der Arzt meinte, dass der Blinddarm raus müsse. Doch ich schämte mich, weil ich kein ordentliches Nachtzeug hatte. Da borgte mir Annelie Bröse, die Tochter von Frau Bröse, zwei Nachthemden. Eines war sogar mit einer Häkelspitze am Halsausschnitt verziert. Mutti und ich waren erleichtert, dass wenigstens dieses Problem vom Tisch war. Nach knapp drei Wochen war ich wieder aus dem Krankenhaus zurück.

Onkel Jordan half ab und zu bei einem Neubauern aus. Ich erwähnte ja schon, dass er trotz seiner Behinderung mähte und Seile anfertigte. Dafür bekam er Butter, Eier, manchmal etwas Mehl. Jetzt schickte er Mutti Eier, die sie für mich mit etwas Zucker zubereiten sollte, damit ich schnell zu Kräften käme. Sogar eine Tüte Pflaumen ließ er mir zukommen, weil das Essen im Krankenhaus nicht besonders war. Auch dort herrschte der Mangel. Doch ich hatte Glück im Unglück. Neben mir lag ein Mädchen in meinem Alter. Sie hieß Gerda, stammte aus Cochstedt und arbeitete in einer Gärtnerei. Sie war im Frühbeet auf ein Fenster gefallen und hatte sich dabei das Knie an den Scherben aufgeschlitzt. Ihre Familie besaß einen Garten und verfügte über mehr zum Leben als wir. So bekam ich immer mal wieder etwas Obst oder eine Wurstschnitte.

Mit sechzehn Jahren erlebte ich meine erste Liebe. Manfred hieß er. Wir waren anderthalb Jahre zusammen. Doch wir konnten das nicht so offen zeigen, wie das heute der Fall ist. Wir mussten uns heimlich treffen, zu einem Spaziergang oder einfach nur, um zusammen zu sein und uns etwas zu erzählen. Es war eine »reine« Jugendliebe, wie man es sich heute nicht mehr vorstellen kann. Ein bisschen Umarmen, ein Kuss, aber nicht mehr. Heute sind die jungen Leute früher reif, wir waren es nicht. Manfred versuchte noch nicht einmal, mehr zu bekommen. Das gefiel mir an ihm.

1948, einige Tage vor Weihnachten, kam unser Vater endlich aus russischer Gefangenschaft nach Hause. Wir hatten in der Adventszeit schöne, wenn auch einfache Plätzchen gebacken. Die großen Bleche brachte ich damals zu unserem Bäcker. Als ich sie abholte, meinte eine Kundin leichthin: »Nun, da könnte euer Vati ja kommen.«

»Schön wäre es!«, meinte ich. Und kurz darauf kam er wirklich und wir feierten ein sehr schönes Weihnachtsfest. Dora, meine Schwester, kannte unseren Vati nicht und war sehr schüchtern. Sie gewöhnte sich nur sehr langsam daran, nun auch einen Vater zu haben. Als besonders traurig empfand sie es, dass sie nicht mehr mit ihrer Mutti im selben Bett schlafen konnte.

Ich erwähnte ja bereits, dass wir auf dem Grundstück von Margarete Bröse wohnten. Hans hat schon 1946 bei Bröses zu arbeiten angefangen und musste dort schwer rackern. Damals gab es Lebensmittelkarten von Stufe eins bis sechs. Die Sechs bekamen alte Leute und Rentner. Vollselbstversorger waren Leute, die beim Bauern arbeiteten und dort ihr Deputat bekamen. Aber Frau Bröse hatte nicht genug, um Hans sein Deputat an Fleisch, Eiern, Milch, Mehl und

Getreide zu geben. Da sprach Mutti mit Frau Bröse, sodass Hans zu seiner Versorgung Essen mitnehmen konnte.
Weil Hans mit seinen sechzehn Jahren die schweren Ge-
treidesäcke zum Dreschen auf den Kornboden trug, wie die
älteren Männer, die kräftiger waren, legten Mutter und
ich sonntags unser Abendbrot auf den Tisch und die anderen durften sich abwechselnd eine Wurstschnitte nehmen.
Wir berücksichtigten dabei auch immer Dora, die in der
Entwicklung und furchtbar dürr war. Von meinem ersten
Lohn kaufte ich für sie eine Puppe, die sie später dann aber
eintauschte.

In der Heimat in Stefan Macks Gaststätte: mein Brüderchen
Hans, ich – der Struwwelpeter –, Josef Mack (taubstumm), der
Sohn von Stefan Mack, und seine Schwester Veronika

Basilius im Sarg, mein Zwillingsbruder Hans und ich (1938)

Unsere Heimat – Kirche von Malkotsch

Mein Onkel Jordan und meine Schwester Dorothea

Unser Hochzeitszug von der Kirche nach Hause

Meine drei Lieblinge Hansi, Margret und Renate (1960)

Zu unserer Landwirtschaft gehörte auch die Schweinezucht

Mein Mann Martin mit seinem Pferdegespann auf dem Weg zum Acker

Trojka-Fahrt in Susdal (1975)

Schneekönigin im Reigen (Januar 1975)

Zugfahrt von Moskau nach Susdal (1975), Gretchen Wieden-
beck und ich

Auf der Wartburg mit Hedwig: unser erstes Wiedersehen im
April 1981

Weihnachten 1987, unser jüngstes Enkelkind kann gerade über das Beet gucken

Weihnachten 1987, unsere Champignonzucht (bei der Ernte)

Auf dem Grundstück von unseren Eltern. Vati hat mit Nachbarn den Brunnen gebaut.

Das Wasser schmeckt herrlich! An dem Brunnen, der gegenüber von Vatis Elternhaus auf der Straße steht, hat Opa auch mitgemacht

In der neuen Heimat angekommen

Am 1. Mai 1949 fing ich bei Ernst Huster als Hausmädchen an. Die Husters waren Großgrundbesitzer. Sie besaßen viele Ländereien und Vieh. Elisabeth Ehret wurde mit mir zusammen angestellt. Sie war jünger als ich, aber auch gerissener. Wenn sie auf Brennnesselsuche ging, besuchte sie anschließend noch ihre Mutter auf einen Plausch. Das ärgerte mich. Wenn man angestellt ist, kann man nicht einfach machen, was man will. Die Arbeit, die sie nicht verrichtete, musste ich dann übernehmen. Ich wurde auch gescholten, wenn die Schuhe nicht geputzt waren, was zu Liesbeths Aufgaben zählte. Abwechselnd jedes Wochenende hatte ein Mädchen frei und konnte dann ein Abendbrot nach Hause mitnehmen. Auch Hans, mein Bruder, bekam sonntagabends sein Abendbrot nach Hause.

Herr Huster war ein strenger Chef. Er duldete keinen Widerspruch. Frau Huster dagegen war liebevoll und sehr lustig. Sie machte jeden Spaß mit. Ich kann mich noch gut an eine Ausfahrt zum Erntefest erinnern. Es wurde ein Wagen mit Pferden angespannt, Bänke auf den Anhänger gestellt und ab ging es in den Harz. Herr Huster und Herr Beck brachten Tage vorher Kartoffeln, Fleisch, Kuchen und Getränke zu einer Gaststätte im Harz. Danach war ja die Not überall groß. Zum Kaffeetrinken hatten wir am Vortag Pfannkuchen gebacken. In einige hatte wir Zettel eingebacken. Wer einen Zettel fand, musste ein Lied singen, etwas erzählen oder etwas anderes vorführen. Solche Tage genossen wir Angestellten immer besonders.

Neben der Kinderbetreuung gehörte auch das Schlachten und Ausnehmen von Federvieh zu meinen Aufgaben. Gänse, Puten und Hühner schlachtete ich öfter, doch einmal sollte ich eine Taube zum Verzehr vorbereiten. Dazu stand Frau Huster neben mir und reichte mir die Taube in die linke Hand. Nun sollte ich den Kopf des Tieres mit der rechten Hand zwischen Zeige- und Mittelfinger festhalten, um ihm den Hals ruckartig umzudrehen. Doch vor Angst ließ ich die Taube fliegen und glaubte, ich sei drum herumgekommen. Aber Frau Huster gab mir gleich die nächste Taube und meinte: »Sie können sich nicht drücken. Wenn sie einmal Bäuerin werden wollen, müssen Sie das auch können.«

»Ich werde aber keine Bäuerin«, antwortete ich wie aus der Pistole geschossen. Doch das Schicksal meinte es anders mit mir, und Frau Huster erinnerte mich später lachend daran.

Familie Huster hatte vier Kinder: Konrad, Günther, Brigitte und Ulrich. Es war eine schöne Zeit mit allen Kindern. Der Jüngste, Ulrich, war ein sehr lieber und lustiger Junge. Heute ist er Politologe und ich hatte das Glück, ihn im Fernsehen wiederzusehen. An Brigitte habe ich wenige Erinnerungen und habe sie aus den Augen verloren. Günther war der Beruf des Landwirtes in die Wiege gelegt. Als kleiner Junge besaß er schon zwei Ziegenböcke, einen kleinen Gummiwagen sowie jede Menge kleine Gerätschaften. Mit den Ziegenböcken und dem Wagen musste ich einmal Rübensamen aufs Feld zu den Männern bringen. Frau Huster fand das so komisch, dass sie mich sofort fotografierte. Dieses Bild schenkte ich Günther vor einigen Jahren. Er ist auch Landwirt geworden und war für meinen späteren Mann stets ein wunderbarer Gesprächspartner.

Konrad, der Älteste, war mir besonders ans Herz gewachsen. Als Kind kam er nach der Schule immer zu mir in die Küche, musste Neuigkeiten loswerden oder vertraute mir etwas an. In den alten Bundesländern, wo er Haus und Familie hat, eiferte er ganz seinem Vater nach und ging ebenfalls in die Landwirtschaft. Nachdem 1989 die Grenzen geöffnet wurden, kaufte Konrad sein Elternhaus und die Ländereien zurück. In dem alten Wohnhaus hat er sich eine kleine Wohnung eingerichtet. Er ist auch der Einzige von seinen Brüdern, der mich ab und zu besucht, wenn er hier ist. Wir genießen es dann, in unseren Erinnerungen schwelgen. Auf diese Weise bleibt mir viel im Gedächtnis.

Im Winter hatten wir einen großen Schlitten, auf dem bis zu fünf Erwachsene sitzen konnten. An diesen hängten wir noch vier kleinere Schlitten hintereinander an. Wenn das Pferd angespannt war, ging die Fahrt nach dem Abendbrot nach Alterrode fünf Kilometer zu Herrn Husters Schwester Malucha. Die Gruppe bestand aus Herrn und Frau Huster, Konrad, Brigitte, Günther, Ulrich, Elisabeth und mir. Wir hatten viel Spaß. Wir waren fast allein auf der Straße, selten kam ein Auto. Danach ging es mit Karacho ins Bett.

Dann kam es zu der Kutschfahrt, als ich beim Bauer Huster war. Kurz vor Ostern fuhr ein Knecht Frau Huster nach Ermsleben zur Bahn. Nach dem Abendbrot sagte der Chef zu mir, die Triene, ein Pferd, sei angespannt und ich solle nach Ermsleben fahren und dort seine Frau vom Bahnhof abholen. Auf dem Hinweg war es noch hell, bei der Rückfahrt dunkelte es schon und man musste, wenn ein Auto von vorne kam, aufpassen, um nicht auf den Sträuhaufen, der für den Winterdienst gelagert wurde, aufzufahren. Bis auf einen kurzen Stopp ging jedoch alles gut.

Obwohl ich am Anfang ärgerlich war, dass der Chef mich noch nicht einmal gefragt hatte, war ich im Nachhinein sogar stolz auf sein Vertrauen.

1947 ist Martin, mein späterer Mann, aus der russischen Gefangenschaft nach Welbsleben gekommen. Bevor ich ihn kennenlernte, ging ich oft zum Tanzen nach Quenstedt, ein Nachbarort von Welbsleben. Dort lernte ich einen jungen Mann kennen. Wir waren beide voneinander sehr angetan. Auch wenn wir uns gar nicht so viel erzählten, merkten wir doch, dass wir gut zusammenpassten. Doch von meinen Eltern aus durfte ich nur einen Katholiken und am liebsten einen katholischen Landsmann heiraten. In dieser Beziehung war meine Mutter sehr streng.

Und so kam es, dass ich an einem ebensolchen Tanzabend in Quenstedt einen anderen, meinen zukünftigen Mann Martin, kennenlernte. 1949 bat er mich dann, seine Frau zu werden. Ohne Zögern sagte ich Ja. Ich wusste, dass meine Mutter keine Einwände haben würde. Mein Vater allerdings war dagegen. Und zu Martin sagte er: »Wenn du meine Tochter genauso behandelst wie die andere, so lernst du mich kennen.« Denn mein Mann war mit Frauen sehr wechselhaft gewesen. Dieses Gespräch fand kurz nach meinem achtzehnten Geburtstag statt. Mit neunzehn heiratete ich Martin dann.

Wir feierten eine Hochzeit, wie es sich die jungen Leute heute kaum vorstellen können, nur meine Generation kann das noch nachvollziehen. Getraut wurden wir am 21. April 1951 in Welbsleben.

Jede Braut weiß, dass man vor der Hochzeit aufgeregt ist. Bei mir war es noch schlimmer, denn es gab keinen Schleier zu kaufen. In Aschersleben fand ich nur Handschuhe. Stoff für ein Kleid hatte Mutti eingetauscht. Aber schließlich borgte mir Erna Bröse aus Quenstedt ihren Schleier. Er war eigentlich viel zu kostbar: nicht nur schön, sondern auch noch lang. Als einfaches Flüchtlingsmädel konnte ich mir so etwas nicht leisten. Doch ich war glücklich, dass ich endlich alles beisammen hatte. Der Polterabend war für mich eine große Überraschung, weil ich zum ersten Mal erlebte, dass ich nicht mehr nur ein Flüchtling war, sondern als angenommen galt.

Am Morgen der Hochzeit half mir meine Schneiderin,

die auch das Kleid genäht hatte, beim Anziehen, dann ging es zur Kirche. Nach dem Ringetausch sang ein Chor. Und mir blieb fast das Herz vor Freude stehen, weil es mein Jugendkreis aus Aschersleben war, der sang. Es war abgöttisch schön. Nach der Trauung stand der Chor vor der Kirche Spalier und gratulierte. Ich war sehr gerührt!

Für die nun folgende Feier hatten wir aus Rüben Schnaps gebrannt, mit Essenzen variiert oder verfeinert und viele Sorten Likör hergestellt. Als Kuchen gab es den einfachsten und doch leckersten: Hefeteig, Marmelade drauf und dazu noch Streusel. Ich selbst hatte noch eine Kaffeetorte aus Kaffee-Ersatz gezaubert – das war etwas Besonderes. Aus Eiern, Zucker und Margarine, die die Verwandten und Schwestern meines Mannes brachten, backte Mutti auch Rührkuchen.

Über die Geschenke, die wir bekamen, freuten Martin und ich uns sehr, wir hatten ja nichts und fingen ganz von vorne an. Das schönste Geschenk aber war ein anderes: Drei gute Freunde und noch ein paar Freunde von Konrad Schiek brachten uns ein Ständchen. Wir gehörten jetzt dazu in Welbsleben. Es war einfach schön und herrlich.

Doch dann kam, wovor ich mich insgeheim fürchtete: Wir mussten ja irgendwann nach Hause, und damals wohnte mein Mann mit seiner Mutter zur Untermiete. Meine Schwiegermutter hatte ihr Bett in der Küche und wir Neuvermählten bezogen das Wohnzimmer, das unser Wohn- und Schlafzimmer wurde. Die Schlafzimmereinrichtung kaufte Martin einem Bekannten in Aschersleben für hundert Mark ab. Es handelte sich um ein Ausstellungsstück aus Magdeburg. Der Bekannte überließ es Martin für einen Spottpreis, weil er nach Amerika auswandern wollte und der Termin immer näher rückte.

Um die Hochzeitsnacht komme ich nicht herum. Alles war neu für mich. Wir hatten vorher nicht zusammen geschlafen und uns schon gar nicht nackt gesehen. Martin war schneller im Bett. Ich versuchte, es so lange wie möglich hinauszuschieben. Mutti hatte von einer Frau ein großes Nachthemd bekommen, auch getauscht. Dank Mutti, die mir beigebracht hatte, wie man aus Alt Neu machte, nähte ich mir eines für die Hochzeitsnacht daraus. Ich fasste Ärmel und V-Ausschnitt mit Spitze und fand es sehr schön. Irgendwann ging ich doch zu Bett. Mein Bruder Hans, sein Freund Ulrich und auch die restliche Gesellschaft feierte durch bis zum nächsten Morgen. Hans hatte aber schon am Nachmittag von meiner Schwiegermutter den Schlüssel zu unserem Zimmer bekommen. Und als wir dann gemeinsam im Bett lagen, wurde uns schnell klar, dass da etwas nicht stimmte. Wir guckten nach und fanden heraus, dass unsere Betten am Fußende nicht ganz eingehängt waren! Am nächsten Morgen wollten Hans und Ulrich mit einer Leiter einsteigen und uns wecken. Doch sie brauchten nicht durchs Fenster klettern, Martin machte ihnen persönlich auf.

Nach unserer Hochzeit gab es noch ein schönes Erlebnis. Martin hatte nach der Gefangenschaft im Krankenhaus Reibholzgrün einen Hans Hoyer kennengelernt. Daraus entstand eine feste und ewige Freundschaft. Später lernte er über Hans auch Erich Schwaab kennen. Der wohnte auf dem Aschberg bei Klingenthal, dort, wo einmal die Aschbergschanze stand. Erich war mit Margot Reichelt verlobt.

Erich und Margot waren in Aschersleben bei ihrem Onkel und baten uns, nach Aschersleben zu kommen.

Eines Tages hatten Margot und Erich die Idee, dass wir mit nach Zwota in der Nähe von Klingenthal kommen sollten. Dort wohnte Margot. Wir sagten zu und verlebten acht sehr schöne Tage. Untergebracht waren wir bei Onkel Hans und Tante Hannel. Onkel Hans stellte gleich am nächsten Tag einen Liegestuhl auf, legte Sofakissen darauf und meinte zu mir: »So, nun machst du einen schönen Mittagsschlaf.«

Ich legte mich hin, konnte aber nicht einschlafen. Und

so plauderten wir und ich erzählte ihm, wie Martin und ich es durch die Kontrolle geschafft hatten, denn ab Plauen war Sperrgebiet. Für Erich und Margot war das ein Leichtes, sie besaßen Ausweise. Martin und ich aber nicht. Also sperrten sie mich ins Klo, in der Hoffnung, dass kein anderer reinmusste. Als der Zug hielt, gingen die Kontrolleure von einem Abteil zum anderen. Während sie vorne einstiegen, stieg Martin hinten aus und ich zitterte im Klo, als ich ihre Stimmen hörte. Doch es ging alles gut und wir kamen glücklich in Klingenthal an.

Dann schlugen Erich und Margot vor, dass wir am Samstagabend ins Sporthotel zum Tanzen gehen sollten. Es war der 2. September 1951 und wir feierten in den nächsten Tag, meinen Geburtstag, hinein. Wir saßen am Fenster und die vorbeigehenden tschechischen Soldaten hätten uns fast das Bier vom Tisch nehmen können. Wann wir zu Onkel Hans' Wohnung zurückkamen, weiß ich nicht mehr.

Onkel Hans stellte Schifferklaviere her. Ich habe ihm dabei während unseres Besuchs zugeschaut. Das Stimmen des Instruments besorgte jemand anderes. In Klingenthal wird überall, wo man hinkommt, Musik gemacht oder ein Instrument hergestellt.

Wir verbrachten wunderschöne Tage mit Hans, Hannel, Margot und Erich. Leider war Margot lungenkrank und verstarb früh; sie war eine gute und liebe Seele.

In der ersten Zeit unserer Ehe arbeitete Martin in der Handelsorganisation (HO) als Betriebsschutz in Zivil und ich beim Bauern. Wir verdienten nicht gerade überragend: Ich bekam zwanzig Pfennig die Stunde, was einen Wochenlohn von 8,60 Mark ergab. Martins Jahreslohn betrug 2183 Mark. Aber ich hatte das Sparen schon zeitig gelernt und führte ein Haushaltsbuch. Wir lebten bescheiden, um uns irgendwann Eigentum zu leisten. Martin kaufte sich bald ein Motorrad, eine gebrauchte DVU, danach legte er sich eine BMW zu, denn zur Arbeit musste er fahren. Sein BMW-Motorrad, eine große Maschine, war sein ganzer Stolz. Später, als er in Welbsleben arbeitete, verkaufte Martin sie an die Polizei in Hettstedt. In der HO war Martin nur ein Jahr tätig. In dieser Zeit wurde unser erstes Kind geboren, am 10. Juni 1952. Es war ein Junge und wir tauften ihn auf den Namen Hans. Martins Bruder hieß Hans und mein Bruder auch. Bald nannte die Verwandtschaft den Kleinen nur noch Hänschen. Dass sich dieser Kosename einbürgerte, wollte ich aber vermeiden und bestand darauf, dass er höchstens Hansi genannt wurde.

Ab Januar 1953 arbeitete Martin in der Sand- und Kiesgrube Welbsleben an der Ermslebener Straße. Ich war erneut schwanger, als Martin eines Tages im Herbst 1954 nach Hause kam und berichtete, dass er den Bäcker Hans Schmidt im Gasthaus »Forelle« getroffen und der ihm den Bauernhof seines Vaters samt Acker zur Pacht angeboten habe. Ich war sprachlos. In diesem Moment gingen mir tausend Gedanken durch den Kopf. Doch wir wollten ja beide etwas Eigenes besitzen und ich wusste von Martins Lungenfachärztin aus Mansfeld, dass Martin nicht in geschlossenen Betrieben arbeiten durfte. Er sollte möglichst immer an der frischen Luft sein. Was also tun? Wegen Martins Gesundheit war es sinnvoll, Ja zu sagen. Doch mit welchem Geld sollten wir anfangen? Wir hatten weder Ersparnisse, noch Möbel oder Wäsche.

»Ach, es wird schon gehen«, beruhigte mich Martin. Er hoffte auf seine Schwester Barbara, die keine Kinder hatte und deren Mann 1947 nach einem Hochwasser gestorben war. Sie gab uns das erste Pachtgeld von 700 Mark. Trotzdem war der Anfang so schwer, dass ich ihn nicht noch einmal durchleben möchte.

Am 10. April 1955 kam Margret zur Welt, am 30. Mai

wurde sie getauft und am 1. Juni zogen wir in unser neues Heim. Wir besaßen ja noch nicht viel. Küche und Schlafzimmer waren rasch abgebaut und auf dem Anhänger mit dem Traktor ins neue Zuhause gefahren. Die Besitzer des Hofes, Oskar und Maria Schmidt, Opa und Oma Schmidt nannten wir sie, waren von uns sehr angetan. Besonders Opa Schmidt war eine Seele von Mensch. Oma ließ sich von ihm gern bedienen und verwöhnen.

Wir hatten fast mehr Schweine als Opa. Wir besaßen damals schon vier Läufer, Enten und Hühner. Ackerland hatten wir auch gepachtet, zwei Morgen, denn das Vieh musste ja von etwas leben. Martins Cousin, für mich und die Kinder war er der liebe Onkel Georg, und seine Frau Anna unterstützten uns sehr. Er radelte fast jeden Tag über den Berg von Sylda, um uns zu helfen. Er war um einiges älter als Martin, aber solange er gesundheitlich konnte, half er uns, damit wir vorankamen. Opa besaß außerdem drei Kühe und ein altes Pferd namens Hans. Martin hätte lieber ein Kuhgespann besessen, als ein Pferd und eine Kuh. Als wir dann später Pferde hatten, fuhr Martin mit ihnen, um Kartoffeln und Rüben zu holen. Onkel Georg und ich benutzten das Kuhgespann mit dem kleinen Wagen. Ich arbeitete gerne mit Onkel Georg. Er war ruhig und erzählte viel von früher. Von der ersten Kartoffel- und Getreideernte kaufte Martin zwei Pferde und gab seiner Schwester die 700 Mark zurück. Wir wollten keine Schulden haben, das war unser Ziel. Für unseren Haushalt hatten wir noch kein Geld übrig. Im Wohnzimmer standen nur eine Liege, ein Radiotisch und das Radio, das Martin schon vor unserer Ehe besessen hatte. Unser Haushalt blieb bescheiden, denn es war klar, dass der Kuhstall zuerst aufgebaut werden musste, erst danach konnten wir mit Gewinn rechnen.

Hans und Margret wuchsen gesund heran. Beide ergänzten sich wunderbar. Am 9. Juli 1957 kam dann Renate im

Krankenhaus in Aschersleben zur Welt. Meine ersten zwei waren noch Hausgeburten gewesen. Dieses dritte Kind bedeutete schon eine zusätzliche Last für uns. Aber ich bin froh, dass ich meine drei Kinder habe. Sie sind mein ganzer Stolz, auch wenn die Zeiten manchmal schwer waren, weil wir nicht viel besaßen. Renate kam vielleicht einen Tag zu früh, sonst hätten meine drei alle am Zehnten eines Monats Geburtstag gehabt.

Am Abend vor Renates Geburt besuchten uns Freunde, damals machte man oft am Sonntagabend einen Besuch bei Freunden. Ich hatte zuvor sogar noch mitgemolken, wir hatten damals schon fünf Melkkühe und zwei Färsen, die wir selbst aufgezogen hatten. Um halb zwei nachts musste Martin dann telefonisch den Krankenwagen bestellen.

Hinsichtlich unseres Landwirtschaftsbetriebes muss ich noch auf die besonderen Verhältnisse in der DDR hinweisen. Die Bauern mussten nämlich damals ein Soll an Fleisch, Eiern, Milch, Getreide und Kartoffeln abliefern. Erst wenn das erfüllt war, konnte man die restlichen Produkte zu HO-Preisen verkaufen, und die lagen deutlich über den Sollpreisen. Auch schlachten durfte man erst, wenn das Soll erfüllt war. Aber ich schätze, dass so mancher Bauer schwarzschlachtete. Wir taten das nicht. Martin mit seinem gesunden Geschäftssinn behalf sich anders: Unser Kartoffelsoll deckten wir beispielsweise mit den Frühkartoffeln, weil bei denen die doppelte Menge angerechnet wurde. Das bedeutete, ein Zentner Frühkartoffeln war so viel wert wie zwei Zentner Spätkartoffeln. So blieben uns die gesamten Spätkartoffeln für den Eigenbedarf.

Martin hielt immer Ausschau nach besseren Kühen und Schweinen. Eines Tages erstand er eine schwarze tragende Sau aus dem Harz. Es dauerte noch einige Wochen, bis sie ferkelte und zwölf Junge zur Welt brachte. Sie war eine liebe und gute Mutter und ließ sich sogar von mir streicheln.

Es war schön zuzuschauen, wenn sie ihre Kleinen zum Trinken anlockte.

Es war Sommer und deshalb brauchten wir keine Rotstrahler für die Ferkel. Weil Lore – so nannten wir alle unsere Sauen – so vorsichtig mit ihren Jungen umging, brauchten sie nicht einmal eine Schutzecke. Doch als ich eines Morgens nach dem Melken in den Schweinestall kam, traute ich meinen Augen nicht: Lore lag in einer Ecke und die Ferkel kuschelten sich auf der anderen Seite aneinander. Ich rief sofort Martin herbei. Aber es gab nichts zu rütteln: Die Sau war tot. Wir riefen bei unseren Tierärzten, Fritz und Margit Gröper, an. Fritz gab mir den guten Rat, die Ferkel nicht mit der Flasche zu füttern, sondern zunächst mit einem Teller und dann später mit einem Kükentrog. Nachdem der Stall ausgemistet und desinfiziert war, ging der Zirkus mit dem Füttern los. Was für eine mühsame Arbeit! Ich befolgte Fritzens Rat und versuchte es erst mit Wasser und dann mit Reisschleim. Ich schnappte mir eines nach dem anderen und steckte die kleinen Rüssel in den flüssigen Schleim. Doch sie schnaubten nur und schüttelten die Köpfchen. Mir kamen die Tränen, weil sie schon taumelten. Ich weiß nicht mehr, wie lange es dauerte, bis die Ferkel endlich merkten, dass auf dem Teller etwas zum Fressen lag. Ich freute mich jedenfalls riesig, als es klappte, und auch Fritz beglückwünschte mich. Wie bei Babys gab es alle vier Stunden frische Nahrung, abends um halb elf die letzte Mahlzeit. Doch die Mühe lohnte sich. Wir brachten alle zwölf Ferkel durch. Es wurden prächtige Schweine, auf die ich stolz war.

Das Leben mit Martin war nicht immer leicht, schon bald zeigten sich die Schattenseiten. Er gehörte nicht zu denen, die Rücksicht auf andere nehmen. Als ich nach Renates Geburt gerade mal zwei Wochen wieder zu Hause war, spazierte er in die Küche und meinte: »Zieh dich an, wir holen den Weizen rein. Das Wetter trübt sich ein und es ist gut, wenn wir einen Hänger Weizen im Trockenen haben.«

Mir verschlug es zwar den Atem, aber ich traute mich nicht zu widersprechen. Also machte ich mich fertig und bat Oma Schmidt, nach Renate zu sehen. Als wir aus der Haustüre traten, kam gerade Opa Schmidt aus seiner Wohnung. Als er erkannte, was Martin vorhatte, lief er hinter ihm her und bat ihn förmlich, mich zu Hause zu lassen, er selbst würde mit aufs Feld fahren. Doch es half nichts, ich musste mit, da gab es keine Diskussion.

Wirtschaftlich ging es uns immer besser, doch erst im Herbst 1957 kauften wir in Aschersleben eine Anrichte, eine Kredenz, einen Tisch und einen Teppich. Alles vom Billigsten, doch immerhin konnten Hans und Margret nun auf dem Teppich spielen.

Renate bereitete mir viel mehr Sorgen, vor allem was ihre Ernährung betraf. Unser Hausarzt aus Aschersleben empfahl mir, nicht mehr zu stillen, weil es mich zu sehr entkräftete. Ich wog damals gerade einmal fünfundvierzig Kilogramm. Der Arzt brachte mir seine Babywaage. Ich sollte Renate vor und nach dem Trinken wiegen. Wir freuten uns beide, wenn sie mal fünfzig Gramm zugenommen hatte. Zu allem Unglück bekam sie vor Weihnachten 1957 eine Lungenentzündung. Der Arzt nahm mich mit nach Aschersleben ins Krankenhaus, um Renate dort zu übergeben. Bis alles erledigt war, war es schon dunkel. Ich ging zu Fuß nach Hause. Von Aschersleben bis nach Quenstedt und von dort nach Welbsleben. Das waren insgesamt sieben Kilometer. Vier Wochen später ließ er mich wissen, dass ich Renate nach Hause holen könne.

Meine Schwester Dora kam mit, damit wir uns beim Tragen vom Krankenhaus zum Busbahnhof abwechseln konnten. Viele Ärzte, einschließlich eines Professors aus

Halle, waren um ihren Rat gefragt worden. Doch sie hatten nichts gefunden, was Renates starken Schnupfen erklären konnte. Dicker gelb- und grünfarbiger Schleim rann aus ihrer Nase. Es war verständlich, dass sie beim Trinken am Fläschchen keine Luft bekam und immer weiter abmagerte. Unser Hausarzt hatte mit mir gebangt und sich Gedanken gemacht. Der HNO-Arzt im Krankenhaus riet mir schließlich, mit Renate abends, wenn der Sauerstoff am besten ist, vor die Tür zu gehen. Ich sollte mit fünf Minuten anfangen und die Zeit dann auf eine halbe Stunde steigern. Und so hielt ich es: Nach dem Füttern und Melken ging ich mit Renate raus an die frische und saubere Winterluft. Von da an besserte sich ihr Schnupfen, bis er abheilte.

Nun kam der nächste Schock: Renate nahm nicht zu. Aus allen möglichen Nahrungsmitteln versuchten unser Arzt und ich, für sie ein Getränk herzustellen, das sie aufbaute. Dazu bekam sie auch noch Geschwüre. Ihr ganzes Köpfchen war davon überzogen. Wenn eines abheilte, entstand sofort ein neues. Das Schlimmste war, dass ich die Geschwüre ausdrücken musste. Es zerriss mir fast das Herz zu sehen, wie Renate dabei leiden musste. Eines Abends gegen halb zehn klopfte jemand an unser Fensterrollo: Es war der Arzt, er hatte eine Idee. In seiner Studienzeit hatte er von einem Heilmittel gehört, das tatsächlich half. Man erhitzte ein Stückchen Butter und etwas Mehl in einem Topf. Man ließ es kurz aufschäumen und fügte dann noch etwas Wasser und Zucker bei. Kurz vor dem Füttern gab man noch etwas Milch dazu. Dieses Getränk schmeckte vorzüglich, unsere zwei Großen standen schon bereit, falls etwas übrig blieb. Hansi war inzwischen fünf, Margret zwei Jahre alt, und beide litten mit Renate mit. Hansi befühlte oft ihre Fingerchen und meinte: »Die sind aber dünn.«

Margret versuchte einmal, Renate mit einem Teeplätzchen zu füttern. Dann kam sie in die Küche und meinte erschüttert: »Mutti, die Renate isst noch nicht einmal das Plätzchen.« Ich setzte mich zu ihr und erklärte ihr, dass die Kleine das noch nicht könne, weil sie keine Zähnchen habe und womöglich an den Krümeln ersticken könnte. Sie hat das auch verstanden und versuchte es nicht mehr. Mit einem Jahr wog Renate nur sechseinhalb Kilo.

Hansi fühlte sich als verantwortlicher Bruder und kümmerte sich rührend um seine Schwestern. In den Kindergarten brachte ich ihn nur einige Tage, dann wollte er allein gehen. Wenn ich manchmal bis zur Straße mitging, um zu sehen, ob er sicher hinübergelangte, schaute er sich immer um und prüfte, dass ich ihm wirklich nicht folgte. Zur damaligen Zeit sind alle Kinder allein gegangen und auch heil wieder nach Hause gekommen. Es gab ja nicht so viel Autoverkehr wie heute. Unsere Kinder wurden damals sicherer und ruhiger groß. Als Margret dann so weit war, hielt er sie immer an der Hand. Oft weinte sie abends, weil Hans sie immer festhielt und sie lieber allein gehen wollte. Doch Hansi meinte beschützend: »Du bist noch zu klein.«

An dem Tag, an dem Renate aus dem Krankenhaus zurückkam, hatte er überall Blumenvasen mit frischen Blumen aufgestellt, insgesamt sieben Sträußchen. Es war ein schöner, warmer Sommernachmittag. Ich war mit unserem dritten Kind schwanger. Margret war zwei Jahre alt und spielte im Hof. Zu ihr gesellte sich unser Langhaar-Jagdhund mit Namen »Ada«. Er hatte einen Stammbaum und war von einem Mann aus dem Nachbarort gezüchtet worden. Margret und Ada sind zusammen groß geworden und spielten oft zusammen. Einer liebte den anderen, und so war es an diesem schönen Sommertag.

Ich setzte mich auf die Bank, um Strümpfe zu stopfen, oder Wäsche zu nähen, wenn es welche gab.

Zu meiner Zeit gab es nur Holzwaschmaschinen mit

Wringer, das heißt der Wringer wurde an der Holzwasch-maschine angeschraubt, um die Wäsche, die ja mitunter noch heiß war, rauszudrehen. Die heiße Wäsche kam vom Kessel in die Holzwaschmachine. Dort wurde sie geschleudert. Es war ein Glücksfall, eine solche Maschine zu bekommen, da es sie selten gab.

Wenn die Wäsche durch den Wringer gedreht wurde, ging so mancher Knopf kaputt, der wieder ersetzt werden musste.

Als ich nach meiner Arbeit sah und Margret und Ada beim Spielen beobachtete, schrieen mit einem Mal sowohl der Hund als auch Margret auf. Margret hatte eine rote Schleife im Haar, und damit spielte sie, während Ada den Kopf auf Margrets Schoß liegen hatte.

Ich sprang gleich hinzu und im letzten Moment konnte ich die Kette festhalten und Margrets Beinchen aus der Kettenschlinge ziehen, die entstand, als Ada gerade in ihre Hundehütte gehen wollte. Sonst wären ihre Füßchen gebrochen, da sie regelrecht in der Kette gefangen war.

Ich legte Margret auf die Bank und ließ unseren Gemeindepfleger kommen – aber in diesem seltenen Moment kam mein Mann mit dem Kuhgespann mit Grünfutter für das Vieh vom Acker und sah, wie Margret auf der Bank lag. Sie hatte nur etwas geblutet, aber das Gesicht war blau angelaufen.

Der Pfleger rief gleich den Kreistierarzt an und der kam auch schnell. Aber bis er kam, ereignete sich etwas ganz anderes Schlimmes: Mein Mann nahm einen großen Knüppel, zog die Kette mit dem Hund aus der Hütte und schlug erbärmlich auf ihn ein. Ich sprang dazwischen, da sagte mein Mann: »Er braucht nur einen Schlag«. Und das war auch so. Der Kreistierarzt kam, trennte den Kopf ab und mein Mann musste ihn zur Bahn nach Aschersleben bringen und per Express nach Halle schicken.

Der Verdacht auf Tollwut bestätigte sich nicht, sonst hätte ich als Schwangere nach Berlin gemusst – wegen der Spritze. Mein Mann flüsterte mir noch zu: »Du fährst nicht, die Spritzen sind sehr stark!«

Margret hatte Ada die rote Schleife umbinden wollen und dabei einige Haare aus dem Fell Adas eingezwengt. So kam der Schrei zustande und deswegen passierte das Unglück. Margret blieb davon nur eine kleine Narbe, mit der sie leben konnte und kann.

Ada war eine »von« gewesen. Wir hatten eine Geburtsurkunde mit dem Namen »Ada von Mönchsgrund«. Der Züchter war Herr Einbrot aus Endorf.

Da meine Jüngste, Renate, als Kleinkind viel krank war, möchte ich noch von einer anderen Begebenheit erzählen: Meine Renate und ich waren unterwegs und begegneten meiner Tante Marianne. Sie sagte zu mir: »Renate hat ja ein Haarwurz!« Ich wusste aber nicht, was das bedeutete. Renate hatte einen Herpes an der Lippe. Da sagte meine Tante: »Kommt heute Abend zu mir, wir haben Vollmond!«

Wir taten es auch. Auf dem Hof der Tante sprach diese, mit aufgelegter Hand auf Renates Köpfchen, lispelnd einige Worte, die ich aber nicht verstand.

Wir kamen noch zweimal zu meiner Tante. Beim dritten mal legte sie eine trockene, weiße Bohne auf den Herd, bis diese bräunlich war, zerdrückte sie fein wie Mehl, tat einige Tropfen Öl hinzu und verrührte es gut. »Damit streichst du bei der Renate den Herpes ein«, meinte sie zu mir.

Wir haben nicht lange warten müssen, und alles war weg. Auch der Knoten unter ihrem Kinn war weg. Renate hatte nie wieder etwas damit zu tun.

So half man sich in meiner Heimat, um keinen Doktor konsultieren zu müssen. Es war nämlich immer sehr teuer, wenn man einen Arzt brauchte.

Meine Tante Marianne hat vielen Leuten geholfen. Sie wusste auch immer, wie die Krankheiten hießen.

Wir hatten in unserem Dorf aber nicht nur meine Tante, es gab auch noch eine Tante Gertraud, die aber nicht meine Tante war. Wir nannten sie so, weil sie auch jedem half.

Nach einem Arbeitstag konnte ich noch lange nicht Feierabend machen. Wir besaßen noch keine Gefriertruhe, und wenn Gemüse oder Obst geerntet war, musste es eingekocht werden. Das alles erledigte ich am Abend. Viele Abende verbrachte ich auch an der Nähmaschine, denn das Geld war knapp und die Kinder sollten anständig angezogen sein. Das Zuschneiden brachte mir eine Bekannte bei. Ich stellte mir dann oft eine Tasse Kaffee an die Nähmaschine und nahm ab und zu einen Schluck, um mich munter zu halten. Auch die Arbeitskleidung habe ich mit der Nähmaschine geflickt – wir sparten, wo es nur ging.

Wenn der Herbst kam, musste Hühnchen- und Entenfleisch eingeweckt werden. Dazu briet ich es etwas an und kochte es dann ein. Damals gab es noch Zweiterliergläser, da passte eine ganze Ente rein. Als wir später eine Gefriertruhe bekamen wusste ich, was mir früher gefehlt hatte. An einem Tag konnte ich sechs bis zehn Hühnchen putzen und einfrieren oder genauso viele Enten. Wir schlachteten sie immer auf zwei Mal, damit es nicht zu viele auf einmal waren.

Wenn die Abende länger wurden, fing ich mit dem Stricken an: Pullover, Kleidchen, Jacken und Pullunder für die Kinder. Auch für Martin und mich strickte ich viel. Das war immer billiger, als Fertiges zu kaufen. Außerdem machte mir das Handarbeiten Spaß. Das Kunststricken hat mich eine Bekannte gelehrt. Die größte Tischdecke, die ich gestrickt habe, hatte einen Durchmesser von zwei Metern. Die schenkte ich Martins Kriegskamerad Robert zu seiner goldenen Hochzeit. Zu DDR-Zeiten gab es das wunderschöne Elfi-Garn in Silbergrau und Gold. Robert und seine Frau bekamen eine Decke in Gold, sie war wunderschön. So eine wollte ich mir auch machen, doch dann fehlte das Geld. Heute ist alles noch viel teurer und die Qualität schlechter.

1960 wurde die erste Typ-I-LPG gegründet, Typ III gab es schon seit 1953. Der Unterschied bei den LPGs war der, dass man bei Typ III alles in die LPG mit einbringen musste, wenn man eine Landwirtschaft hatte. Bei Typ I war das anders. Da gehörte nur der Acker der Genossenschaft. Das Vieh war Eigentum des Bauern. Es gab auch keinen Lohn, den musste man sich in Einheiten erarbeiten. Dazu hatte man die Naturalien, die man veredeln, und das Vieh, das man verkaufen konnte. Zuvor musste jeder Landwirt natürlich erst sein Soll schaffen.

Eine Frau, die eine Oma oder besser noch eine Mutter zu Hause hatte, war immer noch gut dran. Die konnte sich dann ums Essen oder das Kleinvieh kümmern. Eine Frau wie ich hatte das Nachsehen. Ich stand mit jedem Problem allein da. Ich musste das Essen für den nächsten Tag am Abend vorher zubereiten – damals noch an der Koksgrude. Die war an den Waschkessel gemauert: eine Art Schacht mit einem Sims zu beiden Seiten, auf denen Eisenstäbe lagen, die man hin- und herbewegen konnte. Unter die Stäbe gab man feinkörnigen Koks, dann kam vom Herd etwas Glut dazu, auf die man von der Seite wieder etwas Koks häufte. Der brannte dann langsam durch. Wenn ich eine Suppe oder einen Eintopf machen wollte, stellte ich den Kochtopf mit allen Zutaten auf die Stäbe. Wenn ich dann mittags kam, war das Essen fertig und vorzüglich, weil es langsam durchgekocht war. Man musste nur aufpassen, dass kein Tropfen Wasser auf die Glut kam, das staubte so stark, dass die ganze Küche schmutzig wurde und man selbst auch. Als wir noch bei Bröses wohnten, habe ich immer Bratkartoffeln darauf gemacht und dazu mit einer kleinen Schaufel die Glut zerteilt. So entstand mehr Hitze. Aber die Gase bekamen mir nicht und ich fiel ab und zu in eine leichte Ohnmacht. Deshalb hat Martin, sobald es ging, einen elektrischen Herd gekauft.

1959, in der Nacht nach Hansis Kommunion, starb Opa Schmidt. Oma war nun allein. Das war schlimm für sie, weil sie sich in allem auf Opa verlassen hatte. Von ihrem Stiefsohn, dem Bäcker Hans Schmidt, und seiner Frau Margot konnte sie nicht allzu viel verlangen. Margot brachte ihr eine Zeit lang das Essen und was sie sonst noch zeitlich schaffte, aber auf Dauer ging das nicht. Und so entschieden die Angehörigen, Oma ins Altersheim nach Möllerndorf zu bringen, natürlich mit ihrer Einwilligung.

Ehe wir uns bereit erklärten, in eine LPG zu gehen, wurden wir fast täglich aufgefordert, uns einer anzuschließen. Wir gehörten zu den letzten Unentschlossenen. Sogar Lautsprecherwagen fuhren damals durchs Dorf und riefen unseren Namen. Opa Schmidt passte immer am Giebelfenster seiner Wohnung auf, und wenn einer von der Behörde zu sehen war, kam er schnell durchs Wohnzimmer und warnte Martin. Der flüchtete dann hinten aus dem Haus.

Schließlich kamen zwei Herren vom Rat des Kreises zu uns, um Martin zu überzeugen. Vor ihnen waren aber schon zwei andere bei uns gewesen: ein sehr großer und ein etwas kleinerer. Sie stellten sich mir nicht vor, wollten nur mit Martin sprechen. Als ich ihn später fragte, was sie wollten, antwortete er mit ängstlicher Stimme, dass sie in zwei Tagen noch einmal kämen. »Die sind vom Geheimdienst und wollen mich werben.« Er bat mich, ihn zu verleugnen, wenn sie erneut auftauchten.

Und tatsächlich kamen sie, den Größeren würde ich heute noch erkennen, wenn er vor mir stünde. Er hatte ein auffallendes Gesicht und schönes rötliches Haar. Ich hörte mit klopfendem Herzen zu, was sie erzählten, und fragte dann, was das genau bedeuten sollte. Nur der Größere sprach und meinte, alles diene dem Schutz des Staates. Dann sagte ich ihnen, was ich von ihren Worten hielt, und zum Schluss gab ich ihnen folgende Antwort: »Wir sind katholisch und bleiben es auch, auch unsere Kinder werden wir so erziehen. Unser Glaube lässt es nicht zu, Ihre Forderungen zu vertreten.« Das reichte. Sie verabschiedeten sich und kamen nie wieder.

Doch um den Eintritt in die LPG kamen wir trotzdem nicht herum. Das war uns auch längst klar geworden, und ich war nervlich am Ende. Als die Herren vom Rat des Kreises dann wieder kamen, hielt Martin ihnen entgegen: »Mit einer Pachtwirtschaft gehe ich nicht in die LPG.«

Dann fragte einer, ob wir die Wirtschaft kaufen und dann in die LPG eintreten würden. Ohne Zögern sagte Martin Ja. Das hatte ich nicht erwartet. Mir wurde schwindelig. Was dachte Martin sich nur dabei. Wo sollten wir das Geld hernehmen?

Die Männer vom Rat des Kreises fuhren also zu Hans Schmidt und zu dessen Bruder Otto. Beide wurden mit der Frage konfrontiert, ob sie mit dem Acker ihres Vaters in eine LPG eintreten wollten. Da jeder eine Arbeit hatte, stimmten sie dem Verkauf zu. Man holte einen Notar mit Schreibmaschine, um alles perfekt zu machen – und das binnen weniger Stunden. Die Unterschrift unter den Kaufvertrag empfand ich wie ein Todesurteil. Ich konnte mich nicht freuen. Zum Glück jedoch waren die Söhne von Opa Schmidt so gütig vorzuschlagen, Martin solle ihnen das Geld geben, immer wenn er welches habe. Das war auch die einzige Möglichkeit, denn sie wussten, dass wir im Moment nicht zahlen konnten. Am 1. April 1960 schlossen wir uns mit weiteren acht Landwirten zu der kleinen Typ-I-LPG »Freier Bauer« zusammen.

Krankheiten brechen aus

Im selben Jahr, während wir Frauen gerade am Dorfrand an der Ermslebener Straße Majoran krauteten, klappte ich einfach zusammen. Von Ferne hörte ich noch Stimmen, doch ich war zu nichts mehr fähig. Zwei Nachbarinnen brachten mich mit einem Handwagen nach Hause.

Unser Hausarzt kam, doch ich nahm alles nur von fern wahr. Erst nach einigen Tagen ging es mir etwas besser. Er überwies mich zu einem Nervenarzt. Der diagnostizierte einen Nervenzusammenbruch, was nicht verwunderlich war. Mein Körper war überfordert, es war einfach alles zu viel für mich.

Meine Mutter kam einige Tage und versorgte den Haushalt. Meine Kraft kehrte nur langsam zurück. Ich kümmerte mich ums Essenkochen und meine drei Kinder brauchten mich auch.

Ich hätte damals schon den Status »invalide« bekommen, aber da wir selbstständig waren und uns keiner darauf hingewiesen hatte, dass wir uns selbst krankenversichern müssen, waren wir nicht versichert und ich hatte keinen Anspruch auf eine Rente. Trotzdem schrieb der Nervenarzt mich für zwei Jahre arbeitsunfähig. Das war unsagbar schwer für mich. Ich fühlte mich von allem ausgeschlossen: arbeitsmäßig, gesellschaftlich und kulturell.

Am 1. Januar 1966 schlossen wir uns der LPG »Friedrich Engels« an. 1972 trat Martin mit den anderen in die große LPG Typ III ein, die so genannte kooperative Abteilung, »Pflanzenproduktion Walbeck«.

Ich schied 1972 aus gesundheitlichen Gründen aus der LPG aus, laut ärztlichem Attest der Klinik in Bernburg durfte ich keine schwere landwirtschaftliche Arbeit verrichten. Ich fühlte mich wie abgeschoben, antriebslos, mein Selbstwertgefühl war hinüber und ich war innerlich verzweifelt.

Weil Martin nun der großen LPG angehörte, wurde unser Vieh geholt. Zwei Schweizer, ein Arbeiter und ein Zootechniker transportierten zunächst die Kühe ab. Einzeln sollten sie über den Hof gehen. Aber eine Kuh, sie hatte noch Opa gehört, war auf einem Auge blind. Sie wollte nicht aus dem Hof und kam immer wieder zurück. Mir tat das sehr weh. Ich lief ins Haus zurück und wollte nichts mehr hören.

Ich kann bis heute nicht verstehen, dass wir das, was wir uns schwer erarbeitet hatten, alles hergeben mussten. Jahre später bekamen wir unser Geld in Raten zurück, das letzte Mal 2001, als Martin schon tot war.

Mit Krankheiten ging es ständig weiter. 1961 folgte eine Nervenlähmung der rechten Seite, was dazu führte, dass mein rechter Arm zeitweise gefühllos war, das rechte Auge zwinkerte und ich mein rechtes Bein manchmal nachzog. Ich versuchte mich zu beherrschen, wenn ich auf der Straße ging, doch das klappte nicht immer. 1962 bekam ich noch ein Hautekzem. Ich verbrachte vier Wochen in der Hautklinik Quedlinburg bei Dr. Schleif. Bei der Entlassung wurde mir erklärt, ich sei unheilbar krank! Obwohl es mir besser ging als vor der Einweisung, war ich nicht glücklich über diese Worte. Denn mein Körper, mein Gesicht waren abgeheilt, aber meine Arme noch übersät mit Ekzemen. Essen kochen, abwaschen, Gemüse und Kartoffeln schälen konnte ich nur mit Handschuhen, und die waren noch nicht so hochwertig wie die heutigen.

Für meine Arme empfahl mein behandelnder Arzt mir Schlauchbinden. Die schonten zwar meine Kleidung, waren aber noch lange nicht gut für die Haut. Wenn ich die Binden abends abnahm, um frische Salbe aufzutragen, klebte die Haut an der Schlauchbinde fest und ich riss alles auf. Das tat so weh, dass ich die Schmerzen bis im Gehirn spürte. Trotz allem schrieb man mich nicht krank.

Die Hausarbeit, unser Vieh und auf dem Acker meine Einheiten zu schaffen überforderte mich. Unser Brigadier übertrug mir ab und zu einfachere Arbeiten. Doch in einer Typ-I-LPG lässt sich das nicht immer einrichten. Ich arbeitete wirklich gern auf dem Feld, mit den Tieren, im Garten und im Haus. Mir machte jede Arbeit Freude, aber manchmal wurde es mir zu schwer. Ich ging von einem Arzt zum anderen. Ein Heilpraktiker aus Leimbach sagte mir gleich, ich sei unheilbar krank. Er gab mir Kräuter zum Baden, das linderte den Juckreiz, heilte aber nicht.

Martins bester Jugendfreund Simon aus Hergisdorf bei Eisleben schlug mir vor, einen bestimmten Arzt in Hergisdorf aufzusuchen. Der sei tüchtig, den kenne er gut. Ich ging darauf ein, ich wollte schließlich nichts unversucht lassen. Weil die Wundflüssigkeit meine Wäsche verschmutzte, hatte ich mir in die Schlauchbinden ein kleines Loch geschnitten, durch die das Daumen passte. Untereinander verband ich die Binden mit einem Band, das über den Rücken führte, damit sie nicht rutschten. Der Arzt war nicht wenig erstaunt, als er meine Arme sah. »Ich habe noch nie Ekzeme behandelt«, meinte er, »nur offene Beine. Für so etwas bin ich nicht zuständig.«

Ich war so am Ende, dass ich ihm klar und deutlich sagte: »Wenn Sie mir nicht helfen, werfe ich mich vor den nächsten Zug.« Das hätte ich auch getan, weil ich nicht mehr konnte.

Aber er ließ mich so nicht ziehen. Er fragte, ob mir mein Hautarzt Prednisolon-Spritzen gebe. Als ich das verneinte, war er sehr erstaunt, weil das in meinem Stadium als Erstes nötig sei. Er setzte mir die erste Spritze und gab mir noch eine Packung mit zehn Stück mit. Die ließ ich mir dann bei uns in der Hausarztpraxis geben. Und tatsächlich zeigten sich bald Fortschritte: Das Ekzem ging zurück und eiterte nicht mehr. Von Tante Eva aus Augsburg ließ ich mir Jelin-Salbe schicken, die mir eine Bekannte empfohlen hatte. Ihrem kranken Kind hatte diese gut geholfen. Allmählich kehrten auch meine Energie zurück. Die Arbeit machte mir wieder Spaß, mein Leben bekam wieder einen Sinn.

1969 quälten mich starke Rückenschmerzen, vor allem beim Kartoffellesen. Dann ereilte mich an beiden Armgelenken eine Sehnenscheiden-Entzündung. Ich konnte nicht mehr richtig zupacken, es war zu schmerzhaft. Ich wurde drei Wochen krankgeschrieben. Der Arzt, bei dem ich in Behandlung war, meinte, diese Auszeit müsse eigentlich geholfen haben. Als ich das verneinte, war er etwas erstaunt. Nach einigem Hin und Her fragte er, ob ich manchmal Rückenschmerzen habe. Ich bejahte. Damit ging wieder alles von vorne los: Ich wanderte von einem Arzt zum nächsten. Ein Orthopäde in Halle gab mir ein Schreiben mit und meinte, er wisse wohl, dass ich eine Behandlung brauche. Aber er müsse erst mal wissen, um was es genau ginge.

Einer Bekannten aus Alterode ging es ebenfalls sehr schlecht. Sie sei privat zu einem Professor nach Erfurt gefahren, erzählte sie mir, jetzt gehe es ihr besser. Also setzte ich mich in den Zug nach Erfurt, Martin begleitete mich. Damals hatten wir noch kein Auto. Am 19. Juni 1970 konsultierten wir den Professor in der Medizinischen Akademie Erfurt. Er untersuchte mich und meinte, er könne mir helfen, aber ich müsse stationär bei ihm bleiben. Ich sagte zu. Das Privatgespräch und die Untersuchung kosteten damals nur zehn Mark. Er meinte noch: »Wenn Sie stationär kommen, brauchen Sie keinen Privataufenthalt zu bezahlen. Die Privat- und Kassenpatienten werden gleich behandelt. Es sei denn, sie wollen ein Einzelzimmer.« Das wollte ich nicht.

Fast einen Monat lag ich mit einem jungen Mädchen in einem Zweibettzimmer. Sie war ein Jahr jünger als Margret und ein reizendes Mädel, aber eine böse Krankheit hatte sie erwischt: In ihrem Kopf wuchs ein faustgroßer Tumor, der dem Hirn keinen Platz mehr ließ. Was mit ihr auf mich zukam, hätte ich mir in meinen schlimmsten Träumen nicht vorstellen können. Nach der Operation wurde sie mit zwei breiten Riemen ans Bett festgeschnallt, was mich als Erstes erschreckte. Doch was danach kam, war weitaus schlimmer. Sie fantasierte dauernd, faltete die Hände zum Gebet und meinte, nun werde sie beerdigt. »Opa, Oma, Mutti und Vati stehen hier und einen Kranz haben sie auch mitgebracht, nur meine Schwester Roswitha ist nicht da, vielleicht will sie mich nicht als Tote sehen.« Tagelang ging das so.

Um mir eine Abwechslung zu verschaffen, fragte ich die Schwestern und den Stationsarzt, ob ich auf der Säuglingsstation beim Füttern helfen dürfe. Das erlaubte man mir und das tat mir gut.

Nach vierwöchiger Behandlung lehnte man es ab, mich an der Bandscheibe zu operieren. Ich bekam ein Schreiben für meinen Arzt mit, um einen Antrag auf eine Moorkur zu stellen. Aber dazu kam es nicht, denn der nächste Schicksalsschlag wartete schon auf mich.

Anfang Oktober fuhren wir nach Großörner ins Krankenhaus, um eine Röntgenaufnahme von mir machen zu lassen, die in meinen Unterlagen noch fehlte. Diese Mal waren wir mit unserem neuen Fiat unterwegs, den wir im Juni bekommen hatten. In Hettstedt in der Bahnhofstraße legten wir beim Kreislandwirtschaftsrat einen kurzen Zwischenstopp ein. Ich wollte aussteigen und zu Fuß zum Amt gehen, da knallte es und ich flog an einem Betonpfeiler vorbei auf den Fußweg. Ich dachte zuerst, unser Auto sei explodiert. Dann hob ich meinen Kopf, sah mich um und stellte zu meinem großen Entsetzen fest, dass ein anderes

Auto fast auf unserem Wagen draufsaß. Man brachte mich ins Krankenhaus nach Hettstedt. Da ich mich nicht übergeben hatte, ging man nicht von einer Gehirnerschütterung aus. Man verordnete mir Bettgymnastik. Im Bett ging alles gut, aber sobald ich aufstand, wurde mir schwindelig.

Der dortigen Physiotherapeutin habe ich viel zu verdanken. Sie setzte sich für mich ein, weil sie überzeugt war, dass man mir im Krankenhaus nicht helfen könne. Sie bat auch eine Ärztin aus Bernburg, die einmal die Woche ihre Sprechstunde in Hettstedt abhielt, mich im Krankenhaus zu beraten. Doch dann ereignete sich noch etwas. Beim Abendbrot beklagte ich mich bei meiner Bettnachbarin, Frau Zörner aus Ulzigerode, dass mir die Brust wehtue. Sie wollte es gleich melden, aber ich meinte, es werde schon wieder gehen. Doch schlagartig ging gar nichts mehr! Arzt und Schwestern liefen um die Wette. Eine Embolie hatte mich erwischt.

Nach vier Wochen im Hettstedter Krankenhaus kam ich Anfang Dezember nach Bernburg in die Nervenklinik. In Bernburg ging es mir sehr schlecht, was meinen physischen und psychischen Zustand anbelangte. Ich fand alles unerträglich. Gegenüber lag die geschlossene Station, und Tag für Tag, Nacht für Nacht rief eine Mädchenstimme: »Mutti, hol mich hier raus.« Mir schmeckte kein Essen mehr, ich konnte nichts schlucken – als ob ein dicker Kloß im Hals steckte. Auch meine Kinder vermisste ich schrecklich. Hans ging damals in Hettstedt auf die EOS, die erweiterte Oberschule, die mit einem Gymnasium vergleichbar ist. Margret und Renate besuchten die Schule in Welbsleben.

Zwei Frauen versuchten mich zu trösten. Ob es ihnen besser ging, weiß ich nicht. Dann eines Abends ließ mich der Stationsarzt rufen und fragte mich, warum ich so viel weine. Da glaubte ich, dass nun alles aus sei. Aber er schlug vor, mich ins Haus Alzheimer zu verlegen. Das sagte mir nichts, doch schlechter konnte es nicht werden. Und das stimmte. Das Haus war freundlicher, die Patienten dort sahen lebhafter aus. Ich kam mit sieben Frauen in ein Zimmer, die meisten waren jünger als ich. Dann folgten wieder Untersuchungen und Fragen, die ich schon zum x-ten Mal beantwortet hatte. Doch nun erwies es sich als nützlich, alles noch einmal zu erzählen. Denn der Stationsarzt fragte: »Sagen Sie mal, Sie erzählen immer von einem Unfall. Was war das denn für ein Unfall?« Mein Gott, dachte ich, womöglich denkt er, ich sei verrückt. Doch ich erzählte ihm alles noch einmal von vorne.

Da meinte er: »Davon steht nichts in dem Überweisungsschreiben. Hier steht nur, dass sie es an der Bandscheibe haben und das ist keine Krankheit, sondern ein Leiden.«

Der Arzt musste das Hettstedter Krankenhaus dreimal anschreiben, bis man meine Angaben bestätigte. Am meisten ärgerte ihn aber, dass man meinen Kopf nicht geröntgt hatte. Ich wurde dann noch einmal gründlich untersucht, doch die Röntgenaufnahmen ergaben nichts und am EEG war nur ganz schwach abzulesen, dass etwas nicht in Ordnung war. Um Gewissheit zu erhalten, sollte eine Kopfluftpunktion gemacht werden, aber das lehnte ich ab. Ich wollte nach Hause.

Kurz vor Weihnachten wurde ich entlassen, auch wenn ich damals schon an einer Gleichgewichtsstörung litt und den Drang verspürte, nach links zu gehen. Ich wollte jetzt nur noch nach Hause.

Martin kam und wurde sofort zum Arzt gerufen. Als er wiederkam, meinte er, ich solle die Untersuchung machen lassen, mein Zustand werde von allein nicht besser. Also willigte ich ein. Wir vereinbarten für den Januar einen Termin, an dem die Kopfluftpunktion durchgeführt werden sollte. Der Arzt, der für die Behandlung zuständig war, ging später nach Halle, und ich erfuhr aus meiner

Kirchenzeitung, dass er in der Klinik für Psychotherapie und Psychosomatik im Diakoniewerk in Halle tätig war. Später habe ich ihn im Fernsehen gesehen. Beim unserem Abschlussgespräch prognostizierte er, dass ich in zwei Jahren beschwerdefrei sei und mich wieder topfit fühlen würde. Durch den Unfall war am Gehirnrand eine Verhärtung aufgetreten. Es dauerte tatsächlich nicht einmal zwei Jahre und ich war den Linksdrall los. Auch die Gleichgewichtsstörung war weg.

Den Aufenthalt in Bernburg habe ich nicht bereut. Im Gegenteil: Ich fühlte mich jetzt wohler und konnte wieder alles im Haus, auf dem Hof und auf dem Acker erledigen. Auch am gesellschaftlichen Leben nahm ich wieder teil.

Als ich Ende Februar aus der Bernburger Psychiatrie und Neurologie entlassen wurde, fühlte ich mich, als wenn ich aus dem Gefängnis freigelassen würde. Es war ein sehr glücklicher Moment, als Martin mich abholte. Ich wollte so schnell wie möglich aus der Stadt und nach Hause zu meinen Kindern. Ich war meinem Mann sehr dankbar, wie liebevoll und besorgt er mit mir umging. Ich gewann ihn schnell wieder lieb. Doch dieses Gefühl verflog viel zu rasch, und darunter litt ich sehr. Ich konnte meinen Herzschmerz immer gut vor anderen verbergen und mich von der Laune anderer mitreißen lassen, aber das half nur vorübergehend und nicht immer.

Am zweiten Abend meiner Rückkehr nach Hause stellte Hans im Hof einen Liegestuhl auf und legte Decke und Kopfkissen drauf, damit ich gut liege. Es herrschte ein wunderschöner Sternenhimmel, und er hatte sein Teleskop aufgestellt. Er kam ins Wohnzimmer und meinte zu mir: »Mutti, komm mal raus, der Himmel ist wunderbar.«

Er führte mich zum Liegestuhl, deckte mich zu, stellte das Teleskop auf den richtigen Platz und ich sah die Milchstraße. Es blitzte und funkelte, wenn eine Sternschnuppe kam und verglühte. Ein traumschöner Abend. Hansi lenkte das Teleskop, das er selbst zusammengebaut hatte. So etwas Schönes habe ich leider nicht wieder erleben dürfen.

Da ich nun wegen meines Bandscheibenleidens von der landwirtschaftlichen Tätigkeit befreit war, war ich nicht mehr an den Arbeitseinsätzen beteiligt. Das machte mir sehr zu schaffen und nagte an meinem Selbstwertgefühl. Da kam Martin auf eine Idee, die mir aber nicht so gut gefiel. Es ging darum, Champignons zu züchten. Weil Martin mich nicht überzeugen konnte, beauftragte er Hansi, mir die Sache besser verständlich zu machen. So habe ich mich also bereit erklärt, bei der Champignonzucht mitzumachen. Im Oktober 1973 absolvierten wir einen Lehrgang im VEB Champignonzucht Diskau-Zwintschöna. Die Abende waren sogar sehr interessant. Wir waren sechzehn Teilnehmer, von denen drei jedoch schon nach zwei Tagen aufgaben, weil es ihnen zu mühsam war. Nach sechs Uhr abends hatten wir frei. Dann saßen wir noch mit einem jüngeren Mädchen, einem Ehepaar sowie einem Vater mit seinem Sohn zusammen und diskutierten über unsere neue Arbeit. Mit dem jungen Mädchen, das aus Räckelwitz kam, und dem Vater und dem Sohn hatten wir länger Kontakt. Wir wussten bald, dass die Arbeit schwer werden würde, doch wir zogen die Sache durch.

Der Kuhstall wurde mit einer vierstöckigen Stellage ausgebaut, und weil das gut funktionierte, auch der ehemalige Schweinestall. Die Arbeit war hart und zu tun hatte ich ja eigentlich schon genug. Trotzdem machte es mir Spaß zu verfolgen, wie die stecknadelgroßen Pilze aus der Erde sprossen. Bis es allerdings so weit war, kostete es viel und harte Arbeit. Martin ließ sich immer große Mengen Pferdedung liefern, der musste in einem bestimmten Rhythmus vier Mal umgesetzt werden.

Während der Gärung hatte die Temperatur konstant zwischen achtzig und hundert Grad Celsius zu betragen. Der Haufen durfte nicht viereckig sein, sondern einen Meter breit und anderthalb Meter hoch; die Länge war nicht so wichtig, es musste nur genügend Sauerstoff drankommen.

Wenn alles gut lief, fuhr Martin das fertige Substrat in den Stall, dann musste ich es auf den Paletten etwa zwanzig bis dreißig Zentimeter hoch packen. Die Zwischenhöhe der Paletten betrug etwa fünfundvierzig bis fünfzig Zentimeter. Nach zwei bis drei Tagen kam die Körnerbrut rein, wurde mit Zeitungspapier abgedeckt und feucht und warm gehalten. Nach zwei bis drei Wochen musste sich die Brut zu einem Myzel entwickelt haben, daraus entwickelten sich die Champignons. Dann erst kam die Deckerde drauf, die ich auch wieder verteilte. Martin legte mit einer Schaufel gleichmäßig Erde auf das Substrat, damit keine ungleichen Vertiefungen entstanden.

Nach drei Wochen konnte geerntet werden, dann machte die Arbeit richtig Spaß. Aber es musste alles gut laufen.

Wir hatten auch zweimal Pech: Einmal hatten wir die rote Fliege. Martin konnte alles zwar gleich mit den vorgeschriebenen Mitteln desinfizieren, sodass wir zumindest die Unkosten decken konnten, aber Gewinn gab es keinen. Das Schlimmste ist, wenn einen Stall ein Virus befällt, dann ist im Nu das ganze Myzel dahin. Wir erlebten, dass der Dung mit Giftmitteln behandelt war und sich das Myzel nicht entwickelte. Da war auch alle Arbeit umsonst.

Die ersten Reisen

1974 diskutierten die Kinder und ich oft mit Martin darüber, gemeinsam eine Fahrt in unsere Heimat zu unternehmen. Besonders Hansi gab sich viel Mühe, um Martin umzustimmen. Schließlich kam der Tag, an dem wir alles planen konnten. Um die Fahrstrecke kümmerte sich Hansi, ebenso um die Finanzen, denn in jedem Land musste pro Person eine bestimmte Geldsumme eingetauscht werden. Renate kümmerte sich um das Behördliche und führte über Kilometerzahl und Tanken Buch.

Am 3. August 1974 um fünf Uhr morgens zogen wir los. Unser Fiat war so beladen, dass die Scheinwerfer nicht die Straße, sondern Baumspitzen beleuchteten.

Wir hatten ein Zelt dabei und mussten nur die Campingplätze anfahren, so kamen wir gut voran. Zwei Tage später schon, um sieben Uhr morgens, verließen wir den letzten Zeltplatz und um viertel nach acht waren wir in Tultscha bei Martins Cousine Maria und ihrem Mann Oskar. Die Freude war riesengroß. Edi, der Sohn von Maria und Oskar, und seine Frau Mariechen kamen später dazu. Unsere Kinder freundeten sich schnell mit Edi und Mariechen an, obwohl sie kein Rumänisch und die anderen kein Deutsch sprachen. Zwei Tage später fuhren wir nach Malkotsch, um den Kindern unseren Geburtsort zu zeigen. Mein Elternhaus stand nicht mehr, dafür aber der Brunnen, den mein Vati ausgeschachtet hatte. Aus dem Hof war Ackerland geworden, auf dem Weinreben, Mais und Kartoffeln wuchsen. Unterhalb des Hangs wohnte ein altes rumänisches

Ehepaar in einer kleinen Hütte, vor dem ein Schwein an der Kette lag. Das ging mir sehr nah. Noch schlimmer traf es mich, als wir die Kirche betraten und alles leer war. Auch am Altar fehlte einiges, ebenso die vierzehn Stationsbilder – ein sehr trauriger Anblick.

Damals lebten noch etliche Landsleute von uns in Malkotsch, die freuten sich sehr, uns zu sehen.

Martins Elternhaus stand noch. Auf den Hof hatte der damalige rumänische Bürgermeister ein Haus gebaut. Die Leute, auf die wir trafen, waren sehr gastfreundlich und luden uns zum Essen ein, wir hatten gar keine Zeit für alle Einladungen. Wir verbrachten einige Tage in Mangalia auf dem Zeltplatz. Aber ehe wir dort ankamen, trafen wir auf der Strecke dorthin meine Cousine Magda mit ihrem Mann Adi und Söhnchen Uwe. Sie rasteten gerade in einem Sonnenblumenfeld. Hansi rief: »Vati halt an, das ist Tante Magdas Auto.«

Martin meinte verärgert: »Was meinst du, wie viele Autos es von der Sorte gibt?«

Doch Hansi ließ nicht locker und so hielt Martin an. Er ging in das Feld und als er plötzlich einen blonden Haarschopf erblickte, sagte er: »Was suchen Sie in meinem Sonnenblumenfeld?« Da stieß Magda einen lauten Freudenschrei aus. Sie und ihre Familie waren auf dem Heimweg nach Ulm und wollten noch schnell eine Sonnenblume mitnehmen. Nun entschlossen sie sich, mit uns zurückzufahren und eine Nachtparty zu feiern. Erst am nächsten Morgen fuhren sie dann ab.

Am 15. August fuhren wir zurück nach Tultscha, drei Tage später starteten wir wieder Richtung Heimat. Einen Tag verbrachten wir in Budapest. Es war der Nationalfeiertag und wir fanden gegenüber vom Regierungssitz einen schönen Platz an der Donau, von dem aus wir die Flotten- und Flugparade bestaunen konnten. Am 22. August mittags waren wir wieder in Welbsleben. Meine Eltern hatten während unseres Urlaubs Haus und Hof versorgt. Wir verbrachten eine mir unvergessliche Zeit in Rumänien, für die ich Martin sehr dankbar bin.

In diesem Jahr waren wir damit außergewöhnlich viel herumgekommen. Bereits zu Jahresbeginn hatte Martin für seine guten Leistungen eine Reise nach Moskau geschenkt bekommen – so war das in der DDR. An Silvester 1954 wurden wir mit weiteren fünfzehn Kollegen nach Berlin Schönefeld gebracht. Wir mussten zeitig dort sein, zwei Stunden vor dem Abflug, der um neun Uhr sein sollte. Der Direktor von Interflug begrüßte uns kurz.

Wir verbrachten herrliche sieben Tage in Moskau. Wir sahen und erlebten viel mit Martins Kollegen: Karl und Gretchen Wiedenbeck, Werner und Marga Rockmann, Arthur und Gisela Armbruster, Bernd und Gisela Weber, Willi und Marga Krone, Günther und Agnes Schmidt und Theresia Kost, meine Schwägerin. Wir waren eine nette Gruppe und im Hotel Leningrad untergebracht worden, vor dem Lenin-Mausoleum auf dem Roten Platz.

Wie viele Klöster wir gesehen haben, weiß ich nicht mehr. Unsere russische Leiterin, eine liebe, nette Frau aus Moskau, hatte in Leipzig Deutsch gelernt. Manches Wort, das sie nicht ins Deutsche übersetzen konnte, fragte sie bei meinem Mann nach. Er war ja vier Jahre in russischer Gefangenschaft gewesen und konnte sich noch gut auf Russisch verständigen. Ich besitze heute noch ein Andenken an Frau Alla: eine Perlenkette, die sie mir als Erinnerung gab, weil ich ihr eine Strumpfhose und einen Kugelschreiber schenkte. Mein Geschenk konnte sie nur unter größter Angst annehmen, das war ihr nämlich verboten, trotz der viel beschworenen deutsch-sowjetischen Freundschaft. Als Kontaktadresse gab sie zwar die Adresse ihrer Tourismusagentur an, doch ich bekam nie eine Antwort.

Für jedes unserer Kinder kauften wir etwas, für das sie sich interessierten. Hansi bekam eine Fotoausrüstung und noch einiges an Zubehör. Er baute nämlich Mischpulte und Boxen. Margret erhielt eine Nähmaschine. Sie hatte schon in ihrer Jugend zu nähen begonnen und studierte in Berlin Textilökonomie. In ihrer Freizeit nähte sie viel. Renate bekam eine Schreibmaschine vom Typ »Erika«, weil sie gern schrieb. Sie konnte diese auch später für ihren Beruf brauchen.

Am 21. April 1976 feierten Martin und ich unsere Silberhochzeit. Zwanzig Verwandte, Bekannte und Freunde luden wir ein. Wir räumten die meisten Möbel aus dem Weg und feierten zu Hause. Beim Kochen halfen mir meine liebe Freundin Gretchen Wiedenbeck, Tante Selma Sichting und Margit Drechsler. Sie alle leisteten erstklassige Arbeit. Wie es so auf dem Dorf ist, kamen Geschenke von nah und fern. Dieses Mal erhielten wir schönere und wertvollere Geschenke als zu unserer Hochzeit. Bei unserer Silberhochzeit lebte Hans noch und hatte viel Freude am Fotografieren. Er entwickelte seine Bilder auch selbst.

Wir waren lustig und tanzten sogar in unserem Wohnzimmer. Die Tafel war im Esszimmer aufgestellt. Willi Brendel und meine Schwägerin Barbara sorgten für Hochstimmung und unsere jüngste Tochter Renate machte tüchtig mit.

Nur schade, dass Willi früh nach Hause musste. Er hatte damals schon mit dem Herzen seinen Kummer, aber er war gern lustig und hat die tollsten Späße gemacht. Von Krankheit wollte er nie etwas wissen und hören. Doch die langen Jahre Schachtarbeit machten ihm zu schaffen. Lunge und Herz waren geschädigt. Im Februar 1980 starb er, viel zu früh!

Hansi

Hansi interessierte sich sehr für Mathematik. Sein großes Vorbild war sein Mathematiklehrer Herr Bösel. Hans schwärmte richtig für ihn und gab sich Mühe, ihm zu folgen. Nach dem Abschluss der EOS studierte er Physik. Am liebsten wollte er Astronomie studieren, aber sein Klassenlehrer in Hettstedt meinte, er solle zur Sicherheit noch ein zweites Studium angeben. Bei Astronomie habe man selten Glück. Physik klappte und er begann in Halle an der Martin-Luther-Universität zu studieren.

Er nahm mich einmal mit in sein kleines Zimmer und erzählte mir, was passieren würde, wenn das Ozonloch wachse. Heute muss ich sehr oft an unser Gespräch denken und glaube, dass er, wenn er noch leben würde, große Sorge um die Welt hätte. Soweit ich das verfolgt habe, hat die Erwärmung der Atmosphäre bereits begonnen. Und noch eine zweite interessante Sache erzählte er mir. Dabei ging es um die Zukunft der Solarheizung. Er versprach mir, dass er die erste Solaranlage auf unserem Dach bauen würde.

Ein Datum wird mir immer im Gedächtnis bleiben: der 12. April 1980. An diesem Tag wurde unser Sohn Hansi plötzlich krank. Es war richtig schlimm. Wie sich herausstellte, litt er an Leukämie. Der Schreck darüber war so groß, dass ich im ersten Moment nicht reagiert habe, ich wollte es einfach nicht wahrhaben. Das durfte doch nicht sein!

Es war reiner Zufall, dass es herauskam. Hans war schon lange mit der Musik verbunden und jobbte in seiner Freizeit als DJ in einer Diskothek. Eines abends, genau gesagt am 12. April 1980, machte er in Willerode bei einer LPG-Feier den DJ. Er hatte sich mit viel Liebe Bänder für solche Gelegenheiten zusammengestellt, weil er wollte, dass die Leute ihren Spaß haben.

An dem fraglichen Abend in Willerode saß er also auf seinem Stuhl, die Beine übereinandergeschlagen, die Musik lief und die Menschen tanzten und freuten sich. Da kam eine junge Frau und meinte: »Guck nicht so traurig, lass uns tanzen«, nahm seine Hand und zog ihn hoch. Weil er darauf nicht vorbereitet war und die Beine nicht so schnell auseinanderbekam, rutschte er und fiel auf den Boden. Am nächsten Morgen erzählte er mir lachend davon und rieb sich den Po, der vom Hinfallen noch ein bisschen schmerzte. Montagmorgens fuhr er wie immer zur Arbeit. Der Po tat zwar weh, aber keiner dachte sich etwas dabei. Doch an diesem Tag hielt er es nicht bis zum Feierabend aus. Am Nachmittag ging er zur Sprechstunde bei unserer Hausärztin. Sie schrieb ihn krank, weil der ganze Po tiefblau war. Damals scherzten beide noch, als Hansi von seinem Missgeschick erzählte.

Am Wochenende kam Margret mit ihrer Familie aus Dresden. Hansi ging es nicht gut. Er klagte über Bauchschmerzen und leichten Durchfall. Zum Abendbrot aß er nur eine kleine Schnitte und trank ein Glas Tee. Als seine Schmerzen schlimmer wurden, rief ich unsere Hausärztin an. Sie untersuchte ihn und fragte mich, was er gegessen habe. Sie tastete seinen Bauch ab und wies ihn sofort ins Krankenhaus ein. Margret und Ralf erklärten sich bereit, Hansi hinzubringen. Als sie zurückkamen, erzählten sie, dass der Arzt im Krankenhaus ganz aufgeregt gerufen habe: »Es ist zu spät, es ist zu spät.« Nach der Diagnose habe ich Margret nicht gefragt.

Am Montagmorgen rief ich im Hettstedter Krankenhaus

an, um zu hören, wie es meinem Sohn ging. Doch ich erhielt keine Antwort, sondern wurde gefragt, ob mir schon jemand »etwas« erzählt hätte. Ich verneinte. Obendrein war Hansi nach Gerbstedt verlegt worden.

Als ich dort anrief, fragte man mich auch nur, ob mir denn keiner »etwas« erzählt hätte. Mir wurde schwindelig, so erregt war ich jetzt. Was sollte das alles bedeuten? Ich nahm den Mittagsbus nach Hettstedt und fuhr weiter nach Gerbstedt. Dort meldete ich mich bei den Schwestern. Die eine jammerte nur: »Er ist so alt wie ich und so schlimm krank.« Ein Arzt war nicht zu sprechen.

Ich blieb bei Hansi, der fürchterlich unter Schmerzen litt. Er hatte Durchfall, der völlig schwarz gefärbt war. Wir wussten beide nicht, warum. Auf das Schlimmste kamen wir nicht. Erst eine Woche später, Renate war aus Berlin nach Hause gekommen, fuhren wir nach Gerbstedt und konnten den behandelnden Arzt sprechen.

»Ihr Sohn hat Leukämie, und zwar chronische«, erklärte er ernst.

Renate fing an zu weinen. Mir wirbelten die Gedanken wild durchs Gehirn, ich saß wie versteinert da und fand keine Worte. Dann fragte ich ihn, was man tun könne, ob es noch eine bessere Klinik gebe. Ja, meinte er, es gebe das Klinikum Kröllwitz in Halle, aber die nähmen keinen auf, weil alles belegt sei. Mir gefiel diese Aussicht überhaupt nicht. Das Krankenhaus hatte keinen besonderen Ruf. Wer dorthin kam, dem war nicht mehr zu helfen oder er war zu alt.

Dass ich Hansi nach Halle-Kröllwitz bringen konnte, habe ich nur unserer Hausärztin zu verdanken. Leider musste Hansi erfahren, wie ein Chefarzt sich einem Patienten gegenüber verhält, wenn er hört, dass dieser verlegt wird: Von dem Tag an, als feststand, dass Hansi nach Halle kommen würde, kam er nicht mehr in sein Zimmer.

Ich durfte Hansi nach Kröllwitz begleiten. Das tat ihm sehr gut, und mir auch. Ich war entschlossen, alles für ihn zu tun, damit er wieder gesund würde. Hansi fühlte sich in Kröllwitz gut aufgehoben. Als Erstes wurde der Durchfall besiegt. Und das war für ihn schon eine Erleichterung. In Halle wurde mir noch einmal die Diagnose bestätigt. Der Arzt von Station neun sagte: »Solange es noch kein Blutkrebs ist, haben wir Hoffnung.«

Hans erholte sich in Halle. Nach einigen Wochen bekam er auch ein Wochenende frei, um nach Hause zu fahren. Darauf freute er sich. Südfrüchte, Obst und gutes Essen sollte er zu sich nehmen, also versuchte Martin bei Bekannten so viel Obst wie möglich zu ergattern. Ich fuhr nach Hettstedt, um bei HO- oder Delikatessengeschäften Südfrüchte einzukaufen. Die Champignonernte hatten wir vorverlegt. Doch bei allen Pflichten war mir viel wichtiger, dass mein Junge wieder gesund wurde und sich am Leben erfreuen konnte.

Im September wurde er entlassen, er musste aber zunächst alle drei, dann alle vier Wochen zur Kontrolle beim Professor erscheinen.

Zwei Wochen vor Weihnachten waren wir wieder in Halle. Als Hans aus dem Sprechzimmer kam, sah ich prüfend in sein Gesicht, doch ich konnte nichts ablesen. Er vermied es, mich anzusehen. Er zog sich an und wir gingen. Mein Herz schlug bis zum Hals. Ich wusste nicht, was nun kommen würde. Doch auf der Straße nahm er mich vor allen Leuten in den Arm, drückte mich und sagte: »Mutti, es ist alles in Ordnung. Meine Milz ist normal groß.« Wir waren beide überglücklich und hatten Freudentränen in den Augen. Zu Hause zeigt er mir, wie groß seine Milz war. Der Professor hatte mit einem Stift die Umrisse auf die Haut gezeichnet.

Da er nun invalide war, erhielt er zehn Mark pro Monat zusätzlich und einen Gutschein über einen Doppelzentner

Kohle. Das hat ihn aber nicht belastet. Er blickte zuversichtlich in die Zukunft.

Am 24. März 1981 fuhr er zu einer dreiwöchigen Kur nach Kühlungsborn. Er kam braun gebrannt, fröhlich und guter Dinge zurück. Wir waren alle so glücklich, es kehrte wieder neues Leben in die Familie ein. Mir war wie drei Weihnachten auf einmal, unbeschreibliche Erleichterung und Freude erfüllten mich. Ich sehe das Bild noch heute vor mir, wie Hansi gebräunt zur Küchentür hereinkam, helles Lachen, strahlende Augen.

Das Jahr 1981 verlebten wir sehr glücklich. Hansi nahm mich, wo immer es ging, mit seinem Auto mit. In Halle zeigte er mir das Geschäft, in dem er seine Schallplatten kaufte. Er hatte einen eigenen Ausweis dafür und machte mich bekannt, für den Fall, dass er seine Bestellung einmal nicht selbst abholen könne. Ebenso in Hettstedt bei einer Freundin, die in einem Musikgeschäft arbeitete. Dort kaufte ich auch manchmal Schallplatten und wir kannten uns schon. Ein anderes Mal fuhren wir nach Leipzig, um einige Sachen für seine Arbeit zu holen. Er baute immer noch Mischpulte und Boxen selbst, weil es nichts Ordentliches zu erschwinglichen Preisen zu kaufen gab, und er verkaufte sie auch. Er freute sich, endlich eigenes Geld zu verdienen. Sein Diplom in Physik wollte er auch unbedingt machen.

Ich riet ihm besorgt, sich nicht zu sehr zu verausgaben, er solle doch lieber eine Arbeit annehmen, aber er meinte nur: »Ich habe es so weit geschafft, dann schaffe ich das auch.« Und das tat er auch noch.

Seine Diplomarbeit bestand er mit Note Zwei und war sehr glücklich. Ich musste Martin daran erinnern, Hansi für seinen Fleiß und sein Können etwas Geld zu schenken. Das tat er auch, aber er gab ihm weiß Gott nicht viel.

Hansi war viel unterwegs: Er besuchte Margret in Dresden, dann seinen Freund Siegfried in Erfurt. Darauf den lieben Onkel Hans aus Klingenthal, der für meine Kinder der beste Onkel der Welt war. Von ihm hatte er ein Tagebuch geschenkt bekommen, das ich heute noch besitze. Hansi führte es sehr gewissenhaft. Er hielt alles fest, was so passierte – wie das Wetter war, wann er aufgestanden war, was er getan hatte und passierte.

Im Oktober 1981 besuchte Hansi meine Cousine Magda in Ulm. Von dort fuhr er weiter nach Bad Brückenau zu meiner Freundin Hedwig, die auch drei Kinder hat, eines davon, Roland, war in Hansis Alter. Sie verbrachten schöne Stunden zusammen und Roland versprach Hans, ihn im kommenden Jahr zu besuchen, was Hansi sehr freute. Er war voller Hoffnung. Doch es dauerte nicht lange, da merkte ich, wie sehr er mit sich kämpfte. Ich traute mich nur nicht, ihn zu fragen. Ich wollte ihm nicht wehtun.

Nach Weihnachten suchte er unseren zuständigen Hausarzt auf. Der meinte jedoch, Hansi sollte besser nach Halle fahren. Hier hielt man es allerdings für ratsamer, sich zunächst in Hettstedt untersuchen zu lassen. Doch dort verweigerte man ihm die Aufnahme, weil angeblich Halle zuständig sei. Über meine Nichte Emmi fand ich jedoch den Namen der Oberschwester des Krankenhauses in Kröllwitz heraus und rief sie an. Es gelang ihr, eine Aufnahme zu ermöglichen. Das war im Frühjahr 1982.

Hansi war mit seiner Kraft und auch nervlich ziemlich am Ende. Es machte ihm sehr zu schaffen, dass ihn kein Krankenhaus aufnehmen wollte. Auch unser Hausarzt hielt es schier für ein Wunder, dass ich es geschafft hatte, meinen Sohn in Halle unterzubringen. Ich war froh, als Hansi dort war, aber er erzählte mir auch, dass die Stationsschwestern ihn spüren ließen, dass er nicht willkommen sei.

Anderthalb Tage ließ man ihn auf dem Flur warten, obwohl, so erzählten es ihm Patienten später, das Bett schon lange leer stand. Gern hätte ich das der Oberschwester erzählt, aber dann hätte Hansi vielleicht noch mehr ertragen müssen.

Anfang Oktober 1982 wurde Martin von seiner Arbeitsstelle nach Hause gebracht. Er hielt es vor Bauchschmerzen nicht mehr aus. Gerade an diesem Morgen mussten meine Cousine Magda und ihr Mann Adi wieder nach Hause fahren, nachdem sie sechs Tage zu Besuch gewesen waren. Sie wollten Hansi die schönen Bilder seines Besuches in Ulm auf Video vorführen. Sie hatten alles mitgebracht und zeigten es dann im Krankenhaus in Halle. Er freute sich riesig. Es war ja angesichts der Formalitäten, die Westbürger für die Einreise in Kauf zu nehmen hatten, ein Wunder, dass es mit dem Besuch geklappt hatte. Glücklicherweise kannte ich die Oberste der Polizei gut, bei der man die Anträge abgeben musste. Ihre Tochter Christiane ging mit Hansi zur Schule und so sorgte sie dafür, dass alle Formalitäten in wenigen Tagen erledigt wurden.

Doch der nächste Schreck wartete schon auf uns. Martin wurde ins Krankenhaus eingewiesen wegen des Verdachts auf eine Bauchtrombose. Er kam erst nach Hettstedt, dann nach Gerbstedt, ohne dass eine exakte Diagnose ermittelt wurde. Lediglich seine Schmerzen besserten sich. Demgegenüber verschlechterte sich Hansis Zustand zusehends. Und auch ich fand keine Ruhe mehr. Als ich bei ihm am Bett saß, nahm Hansi meine Hand und sagte: »Mutti versprich mir, dass du nie Tabletten nimmst.«

»Warum sollte ich welche nehmen?«, fragte ich verwundert.

»Du sollst es mir einfach versprechen«, bat er und das tat ich.

Bedrückt sah ich das Jahresende und das Weihnachtsfest näher rücken. Die Umstände waren so traurig, aber ein bisschen weihnachtlich sollte es doch sein. Das empfand ich als meine Pflicht. Margret würde uns zum Weihnachtsfest nicht besuchen, ihr damaliger Mann war bei der Polizei und musste arbeiten, ebenso wie Renate als Stewardess nicht freibekam.

Um einfach etwas Nettes zu tun, ging ich zum damaligen »Konsum« und kaufte Martin einen Pullover. Ich wollte ihm auch in dieser schweren Zeit eine kleine Freude machen. Doch dieser Versuch ging nach hinten los. Mein Mann nahm den Pullover und warf ihn auf die Couch. Ich lief ins Badezimmer und wollte mir Tabletten aus dem Apothekenschrank holen, doch in diesem Moment hörte ich Hansis mahnende Stimme so deutlich, als stünde er hinter mir. Er erinnerte mich am mein Versprechen und so legte ich die Packung Faustan wieder zurück.

Mittwochs fuhr ich nach Kröllwitz zu Hansi, donnerstags nach Gerbstedt zu Martin. Die restliche Zeit beschäftigten mich die Champignons, denn diese Arbeit musste ja trotzdem erledigt werden: absuchen, sprühen, lüften und die Champignons putzen, weil sie am nächsten Morgen abgeholt wurden. Vor elf kam ich meistens nicht ins Bett.

An einem Mittwoch kam ich wieder einmal spät von Halle nach Hause und spulte mein Programm ab. Da rief plötzlich ein Käuzchen beim Nachbarn auf dem Dach. Vor lauter Wut, so viel Zeit bei den Pilzen verbringen zu müssen, und aus Verzweiflung wegen Hansi, schlug ich mit den Fäusten gegen die Wand. Ich wusste an diesem Abend nicht wohin mit meinen Sorgen und Ängsten. Dabei hatte ich mir vorgenommen, den Arzt zu bitten, bei Hansi bleiben zu können, falls es ihm sehr schlecht ging. Aber es kam anders.

Am 5. November wollte ich nach Kröllwitz fahren. Martin ging es zu dieser Zeit schon besser. Während ich mich anzog, rief mein Schwiegersohn Jochen an, der meinte: »Mutti, warte auf Renate, sie will mit zu Hansi und ist schon unterwegs.«

Doch die Busse kamen – ohne Renate. Ich wartete unruhig auf sie. Der letzte Bus kam um fünf, doch wieder keine Renate. Jetzt war meine Geduld zu Ende. Ich ging zu einem Freund von Hansi und wollte ihn bitten, mich ins Krankenhaus zu fahren. Doch er hörte mein Läuten nicht. Unsere Hausärztin wohnte gegenüber, und als sie mich so warten sah, fragte sie, was ich wolle. Da schlug sie vor, dass ihr Mann mich nach der Arbeit fahren könne. Ich ging also nach Hause und kurz darauf trudelte auch Renate ein, deren Zug Verspätung gehabt hatte, sodass sie sich schließlich ein Taxi nahm.

Es dauerte auch nicht lange und der Mann unserer Hausärztin kam und fuhr uns nach Kröllwitz. Hans fanden wir in einem erbärmlichen Zustand vor. Binnen zwei Tagen war er zu einem Häufchen Mensch geworden. Ich wollte ihn umarmen, doch meine Beine gaben nach und ich sackte vor dem Bett zusammen. Renate brachte mich aus dem Zimmer und bat mich, nicht wieder zu Hansi zu gehen. Es tut mir heute noch in der Seele weh, ihn damals allein gelassen zu haben, hilflos und leidend. Innerlich haderte ich in dieser Zeit stark mit mir: Wo war Gott, warum tat er mir so etwas an, warum gönnte er meinem Hansi sein junges Leben nicht? Es gibt so viele Rowdys und Menschen, die bösartig und falsch sind, mein Junge war es nie und wäre es auch nicht geworden. Er war so ein guter und fleißiger Sohn, nie habe ich etwas Schlechtes von ihm gehört.

Dann bekam Hans ein Einzelzimmer. Martin und ich holten immer tief Luft, bevor wir zu ihm ins Zimmer gingen, weil wir nicht wussten, wie wir ihn vorfinden würden. Ende Oktober hatten wir einen Fleck auf seiner Schläfe festgestellt und ich wusste mittlerweile, was das bedeutete.

In der Zeit, in der mein Mann im Krankenhaus war, fuhr mich mein Bruder ins Krankenhaus, manchmal auch mein Schwager. Als ich mit Hansi allein war, bat er mich, näher zu kommen. »Mutti, wir umarmen uns jetzt und weinen«, sagte er. Er wusste, dass es nicht mehr lange dauern würde. Dann wünschte er sich, dass ich ihm mit dem Waschlappen seine Handflächen und Fußsohlen fest massierte. Das tat ihm gut. Anschließend bat er mich, das Buch in seinem Nachtkästchen hochzuheben und die Tabletten ins Klobecken zu werfen. Ich war entsetzt, aber er flehte so sehr, dass ich es tat. Auf der Heimfahrt weinte ich fast die ganze Zeit.

Am Sonntag, den 7. November, sagte ich morgens zu Margret: »Bitte lass uns zu Hansi fahren, ich halte es nicht mehr aus.«

Da nahm sie mich in den Arm und meinte: »Die Ärztin war hier. Hansi ist heute früh um vier eingeschlafen.« Wir waren zwar seit einiger Zeit auf das Schlimmste gefasst, dennoch war es nun fast unerträglich, diese Worte zu hören. Mein Herz zersprang fast.

Wir fuhren nach Kröllwitz, Hansi konnten wir aber nicht mehr sehen. Ich nahm seine besten und liebsten Sachen zum Anziehen mit. Dann sollte ich meine Zustimmung zur Obduktion geben, aber das verweigerte ich. Hansi hatte genug gelitten, jetzt sollte er seine Ruhe finden.

Die Beerdigung nahm ich wie hinter einem Nebelvorhang wahr. Im Traum hatte ich sie schon längst erlebt. Eine Stimme hatte mir alles genau geschildert: »Der Trauerzug geht vom Haus über die Straße, Freunde kommen aus ihrem Haus und reihen sich ein. Nachdem der Trauerzug aus der Leichenhalle gegangen ist, rufst du noch einmal deinem Jungen nach.« Ich habe bis heute mit keinem darüber gesprochen. Man hätte mich bestimmt für verrückt erklärt. Also schwieg ich. Auch heute frage ich mich manchmal, ob dieser Traum bedeutete, dass Hansi nach mir rief, weil ich nicht mehr in sein Zimmer gekommen bin. Diese Ungewissheit zehrt immer noch an meinen Nerven.

Seit Hansis Tod begleitet mich eine innere Stimme, die mir sagt, was ich tun soll, wenn ich ein Problem habe. Sein Tod hat mir fast das Herz gebrochen. Eine Zeit lang wusste ich nicht mehr, wohin ich gehen sollte, um Trost zu finden. Wenn ich mich an Martins Schulter anlehnen wollte, drehte er sich weg und meinte: »Wer hilft mir denn?«

Es wäre besser gewesen, wenn wir den großen Verlust unseres Sohnes gemeinsam hätten tragen können. Wie heißt es so schön in der Bibel: Einer trage des anderen Last. Bei unserer Hochzeit hatte der Vikar eine schöne Predigt gehalten. Darin kam unter anderem der Treuespruch vor und dass der Weg, egal, ob er steinig oder stürmisch sei, gemeinsam leichter falle. Davon blieb nichts bei Martin hängen. Die Ehe und meine Familie ging mir immer über alles. Ich war der glücklichste Mensch, wenn ich meine Lieben um mich hatte. Treue, Vertrauen, Harmonie und das Zueinanderstehen waren mir das Wichtigste. Ohne diese Werte geht es nicht. Eine Weile hatte ich meinen Glauben an Gott vernachlässigt und den Gottesdienst nicht besucht. Da sprach mich meine Schwägerin Katharina an und meinte: »Gott ist doch nicht schuld an Hansis Tod.«

Diese Worte rüttelten mich wach und ich ging wieder zur Kirche. Renate wollte mich trösten und meinte: »Du hast ja noch uns zwei.« Erst viel später merkte ich, wie viel Kraft Gott mir gegeben hat. Aber auch heute noch gibt es Tage, an denen ich meinen Hansi suche und im Zwiegespräch bei ihm bin.

Eine neue Zeit bricht an

Am 7. November 1989 fuhr ich zu meiner guten alten Freundin Hedwig nach Bad Brückenau. Zu dieser Zeit musste man noch bei der Behörde eine Reisegenehmigung beantragen. Da ich seit 1984 Invalide war, durfte ich in den Westen fahren, zufällig an Hansis Todestag.

Es war herrlich, sie wiederzusehen. Zuletzt hatten wir uns 1981 ein paar Stunden in Eisenach getroffen, und das hatte ich nur Hansi zu verdanken, der mich mit dem Auto hingebracht hatte.

Die Zugfahrt von Leipzig nach Hanau verlief angenehm. Aufregend wurde es, als wir uns der Grenze näherten. Fast alle hatten Dinge im Gepäck, wie etwa Geschlachtetes, deren Ausfuhr verboten war. Zu der Zeit, als wir dort einquartiert waren, gab es Stadt Brückenau und Bad Brückenau. Später wurden die beiden Orte zusammengeführt, jetzt hieß es nur noch Bad Brückenau. Ich verlebte eine schöne Zeit dort. Es war wunderbar, die schöne, mir ans Herz gewachsene Stadt nach 46 Jahren wiederzusehen. Einen halben Tag ging ich allein spazieren. Wie viel hatte sich verändert! Hedwigs Sohn Winfried unternahm mit mir eine Spritztour nach Volkesberg. Auch nach Würzburg sind wir gefahren. Rothenburg ob der Tauber, die Weihnachtsstadt, hat mich schier umgeworfen. Dort steht der größte Weihnachtsbaum der Welt – ein himmlisch schöner Anblick. Abends sahen wir noch Fotos an und Hedwig spielte eine Platte, auf der sie mit ihrem Kirchenchor singt. Sie ist Solistin mit einer wunderbaren Stimme.

An diesem besagten Abend nun, während wir in die Fotos vertieft waren, lief im Hintergrund der Fernseher. Plötzlich hörten wir etwas von »Die Mauer ist gefallen«. Und es dauerte nicht lange, da wurde die Nachricht wiederholt: »In Berlin ist soeben die Grenze geöffnet worden.« Schalck-Golodkowski hatte dies den wachhabenden Behörden befohlen. Das war unglaublich. Mir kamen gleich die Tränen. Im Fernseher sah man schon DDR-Bürger in heller Freude. Eine Freude, die wohl nie wiederkehren wird. Wir hatten unsere Freiheit, und der Jubel nahm kein Ende.

Zuvor war wochenlang in der DDR demonstriert worden, Bürger flüchteten in Scharen und auf allen möglichen Wegen: über Ungarn mit dem Zug, mit dem Fallschirm und auf viele andere Weisen mehr. Jeder wollte endlich die Freiheit haben. Die Leute hatten genug.

Jetzt haben wir die Freiheit, aber zu welchem Preis? Damals ging alles viel zu schnell. Betriebe wurden über Nacht eingestellt oder für einen Apfel und ein Ei verkauft. Nur die Oberen der Treuhand profitierten davon. Es war aus mit den volkseigenen Betrieben. Heute können wir zwar alles kaufen, vorausgesetzt man hat das Geld.

Martin und ich ernteten unsere Champignonzucht noch ab und 1990 nahm Martin unseren Acker aus der LPG und bearbeitete ihn selbstständig. Den Wert des Inventars, den wir beim Eintritt in die Pflanzenproduktion bezahlt hatten, ließ er sich in Maschinen auszahlen. Das war ein Schritt, den er völlig unüberlegt und stur tat. Uns gelang in den ersten zwei Jahren nach dem Fall der Mauer nichts, auch die Ernten gingen daneben, obwohl wir früher immer gute Kartoffel- und Getreideerträge erzielt hatten.

Auch die Berliner Landwirtschaftskrankenkasse zog uns mächtig über den Tisch. Wir nahmen uns in Hettstedt eine Anwältin, um unser Recht einzufordern, denn wir waren ja nun bei der AOK krankenversichert und brauchten die

Berliner nicht. Doch wir bekamen nicht recht und mussten noch einen stattlichen Betrag berappen.

Wir haben uns ganz schön abgerackert. Kein Gedanke an Urlaub. Wenn ich Martin darauf ansprach, meinte er nur: »Wenn wir Rentner sind, haben wir Zeit.«

Die Champignonzucht war nicht nur schwer und hart, das Geld, das ich damit verdiente, durfte ich nicht einmal für mich verwenden. Ich musste Martin Rechenschaft ablegen, wenn ich etwas nahm. Einmal hatte ich schon 700 Mark zusammengespart, als Martin kurz von der Arbeit nach Hause kam und 500 Mark verlangte, weil er etwas kaufen wollte. »Du bekommst es wieder«, versprach er. Doch ich sah weder, was er kaufte, noch zahlte er mir das Geld zurück.

Mit Geld war Martin mir gegenüber im Übrigen immer schon knauserig gewesen. Als wir damals der LPG Typ III beigetreten waren und wir erstmals 20 Mark Kindergeld pro Kind bekamen, bat ich ihn, mir das Geld zu überlassen, um den Kindern etwas kaufen zu können. Doch nichts davon. Auch über das Geld, das meine Mutter mir für kleine Dienste zusteckte, musste ich Rechenschaft ablegen. Ich konnte tun, was ich wollte, immer wieder durchsuchte er meine Wäsche. Also spendete ich das Geld der Kirche, damit er mich nicht wieder ausfragte.

Doch es gab auch sehr viele glückliche Momente. Am 15. Mai 1976 schenkte uns Margret unseren ersten Enkelsohn. Es war wunderbar, ein Enkelkind zu haben. Er heißt Angel (englisch für »Engel«). Sein Vater ist leider nach einem Jahr Ehe wieder nach Bulgarien zurückgekehrt und hat sich seitdem nicht ein einziges Mal um seinen Sohn gekümmert. Margret studierte damals noch in Berlin und nach der Babyzeit musste sie wieder dorthin. Ich nahm ihr Angel in dieser Zeit ab und genoss es sehr. Der Kleine wuchs ohne Probleme auf.

Margret heiratete 1980 ihren zweiten Mann Ralf. Er

stammte aus Dresden und hatte einen Sohn, Ingolf hieß er. Ralfs erste Frau war bei Ingolfs Geburt gestorben. Jetzt war Margret dessen Mutti und es klappte alles gut. Beide Jungs ergänzten sich: Angel war drei Jahre älter und dunkelhaarig, Ingolf war blond. Ein schönes Pärchen. Doch mit Ralf ging es bald abwärts. Er fing an zu trinken und wurde gewalttätig. Als sie einmal bei uns zu Besuch waren, streute er jedem Jungen noch Salz und Pfeffer aufs Essen. Beide kauten ewig auf ihrer Mahlzeit herum, doch keiner traute sich, etwas zu sagen. Da schrie mein Mann Ralf an, und er ging. Tränen standen uns allen in den Augen, besonders den Jungen.

1985 ließ Margret sich scheiden, denn Ralfs Alkoholismus wurde immer schlimmer. Leider gehörte er der Polizei an, und seine Kollegen deckten ihn. Keiner wollte Margret helfen.

Danach bemühte Margret sich, Ingolf weiterhin zu sehen. Immer wieder ging sie beim Kindergarten vorbei, bis sie merkte, dass das alles nichts half. Ingolf wurde bei seinen Großeltern untergebracht, die ihn später adoptierten.

Am 13. Januar 1984 schenkte uns Renate unseren zweiten Enkelsohn mit Namen Gregor. Sie und ihr Mann Jochen teilten sich die Elternarbeit sehr gut auf: Als Renate nach der Babypause wieder als Stewardess arbeitete, übernahm er den Jungen. Jochen versorgte Gregor immer, wenn Renate Dienst hatte, brachte ihn in den Kindergarten, wusch die Wäsche und machte den Haushalt.

Angel war acht Jahre älter als Gregor und kümmerte sich reizend um seinen Cousin, wenn sie beide in Welbsleben waren und auf dem Hof spielten. Sie fühlten sich wohl zwischen den Enten, Hühnern und Schweinen. Gregor wollte am liebsten die kleinen Ferkel streicheln, aber so ganz traute er sich nicht, besonders wenn die Sau dabei war.

Angel fürchtete sich nicht vor Tieren, außer vor Insekten. Besonders vor Käfern ekelte er sich. Er half meinem

Mann gern beim Ausmisten. Es sah lustig aus, wenn er mit den großen Gummistiefeln und der Schubkarre voll Mist zum Misthaufen fuhr.

Gregor hingegen liebte alles, was krabbelt. Von den Kartoffelpflanzen suchte er sämtliche Käfer ab und setzte sie in ein Glas. Es war immer wunderbar, unsere Enkel in den Ferien da zu haben. So viel Zeit wie mit ihnen habe ich für meine eigenen Kinder nicht gehabt.

Resümierend kann ich sage, dass ich sehr stolz auf meine Kinder bin, nie bereiteten sie Probleme. Jetzt, wo ich allein bin, denke ich gern an die Zeit mit ihnen zurück. Diese Erinnerung kann mir keiner nehmen, sie gehört mir allein.

Dann kam die Rente. Ich war ja schon seit 1984 Invalide und Martin seit 1987. Doch Urlaub und Reisen gab es auch dann nicht. Nur 1988 sind wir über Umwege nach Frankreich gekommen: Mein Schwager starb 1983 an Krebs, diese Ausrede benutzten wir, um dorthin zu kommen. Wir hatten einen Reiseantrag zu meiner Cousine Magda nach Ulm gestellt, der auch genehmigt wurde. Vorab schrieb ich meiner Cousine, dass wir von unserem Neffen in Frankreich abgeholt würden, wir bräuchten jedoch einen Pass, um von Ulm nach St. Hippolyt in Frankreich zu kommen. Sie meldete dies ihrer Behörde und so sollten wir nur noch Passbilder mitbringen. Die Polizisten in Ulm staunten dann nicht schlecht über unsere Schwarz-Weiß-Passbilder, in Ulm gab es schon Farbaufnahmen. Doch sie drückten beide Augen zu und wir bekamen unsere Pässe und konnten Martins Schwägerin in Frankreich besuchen. Der war im Krieg in französische Gefangenschaft geraten. Da er nach seiner Entlassung nicht wusste, wo seine Angehörigen geblieben waren, fragte er bei einem Weinbauern nach Arbeit. Dann lernte er seine Frau kennen und wurde dort sesshaft.

Martin

Martin wurde am 4. März 1999 mit akuter Luftnot ins Krankenhaus Aschersleben auf die Intensivstation eingeliefert. Etwa einen Monat später nahm man an ihm in Halle eine Herzkatheder-Untersuchung vor, dann kam er wieder nach Aschersleben.

Ich besuchte ihn täglich, was sehr anstrengend war wegen des langen Weges, aber es war mir nicht zu viel, denn wir hatten ja nur noch uns. Margret und ihre Familie lebte in Tambach-Dietharz und Renate wohnte mit ihrer Familie in Berlin. Ende April wurde Martin als Pflegefall aus dem Krankenhaus entlassen. Während er im Krankenhaus war, ließ ich das Badezimmer umbauen. Die Wanne kam raus, dafür wurde eine große Duschkabine installiert. Der Arzt hatte versucht, mich in einem Gespräch auf das vorzubereiten, was nun auf mich zukommen würde. Tatsächlich war die Pflege zu Hause nicht einfach. Ihn allein zu pflegen war genau gesagt eine Tortur. Einen Rollstuhl hatten wir zwar, aber das war ja nicht alles. Ein Pflegebett vermisste ich dringend. Normalerweise hielt Martin sich im Wohnzimmer auf, er lief zu Fuß mehr schlecht als recht, aber hier konnte er sich noch am besten bewegen. Abends machte ich ihn dort fürs Bett fertig.

Einmal im Oktober hatte unsere Hausärztin noch gegen sechs angerufen und sich erkundigt, wie es Martin gehe. Doch es war alles wie immer. Sie erzählte, dass sie mit dem Pflegedienst gesprochen habe, der mir baldmöglichst helfen solle. Das freute mich, doch ich antwortete, ich würde es schon noch schaffen. Außerdem wollte mein Mann nicht von einem Pflegedienst betreut werden.

Am Abend wollte Martin recht früh ins Bett, also machte ich ihn wie gewohnt im Wohnzimmer fertig. Ich holte den Rollstuhl und stellte ihn vor das Bett. Ab jetzt lief alles schief: Zwischen Bett und Wand war gerade so viel Platz, dass der Rollstuhl und ich dazwischen passten. Bisher hatte Martin es immer noch vom Rollstuhl ins Bett geschafft. Doch heute schaffte er es nicht. Verzweifelt versuchte ich, ihm aus dem Rollstuhl zu helfen. Martin jammerte schrecklich. Schließlich gelang es mir, den Rollstuhl umzudrehen und ihn ins Bett zu hieven.

Nachdem er versorgt war, rief ich unsere Ärztin an und erzählte ihr unter Tränen, was passiert war und dass ich nicht mehr konnte.

Am nächsten Morgen waren drei Schwestern zur Stelle. Mein Mann sah erst mich, dann die Schwestern an, als traue er seinen Augen nicht. Doch von da ab hatte ich es leichter. Schwester Barbara, die Hauptperson im Team, bekam den Haustürschlüssel, sodass sie jederzeit ins Haus konnte. Aber es war nicht einfach mit meinem Mann. Jetzt, wo er im Bett lag, wachte er darüber, dass ich immer bei ihm blieb. Als ich einmal verspätet vom Einkaufen zurückkam, tobte er in Anwesenheit von Schwester Barbara ganz fürchterlich. Da rissen mir die Nerven und ich schrie: »Du hast mich einmal zurückgeholt, nun kommst du mir nicht mehr hinterher.«

Ich hatte zuvor schon meine Mutter gepflegt, nur kurze Zeit, weil sie dann starb, aber wir hatten eine schöne Zeit. Wenn wir beide allein waren, sangen wir rumänische Heimatlieder. Verglichen mit Martin war Mutti leicht zu pflegen. Sie war trotz ihres Zustandes guter Dinge und glücklich, in meiner Nähe zu sein. Sie bedankte sich für jeden Handschlag.

Zweieinhalb Jahre pflegte ich Martin, kümmerte mich um Haushalt, Garten und den Friedhof. Meine zwei Mädels, Margret und Renate, haben mich abwechselnd am Wochenende unterstützt. Auch der Pflegedienst tat sein Bestes. Martin quälte sich sehr mit dem Sterben. Als es mit ihm zu Ende ging, konnte ich keine rechte Trauer empfinden: Immer wieder musste ich daran denken, dass er mich mit meiner Cousine betrogen hatte. Am 21. April hätten wir goldene Hochzeit gefeiert, aber sein Leiden hat mir dieses Fest erspart.

Rückblickend muss ich gestehen, dass das Verhältnis zwischen Martin und mir schon sehr früh belastet war, und das zog sich durch bis zum Schluss. Ich war mit unserem ersten Kind schwanger und gerade acht Monate verheiratet, da sah ich ihn an Silvester bei Nachbarn draußen auf dem Hof in einer Ecke mit einer anderen Frau. Ich sagte niemandem etwas davon, doch ich verlor fast den Verstand. Ich war völlig verwirrt, denn ich liebte ihn aufrichtig. Aber konnte das eine glückliche Ehe werden?

Nach vielen Jahren Ehe bat ich meinen Mann einmal, er solle nur einmal zu mir »Ich liebe dich« sagen. Ein einziges Mal. Doch er meinte nur, wenn er mich nicht lieben würde, hätte er mich nicht geheiratet. Ich ließ nicht locker, bis er es aussprach. Doch es waren nur Worte, sein Herz hatte nicht gesprochen.

Als Martin mit meiner Cousine Marianne ein Verhältnis anfing, war ich zutiefst verletzt. Sie kam das erste Mal nach dem Fall der Mauer mit ihrem Mann zu uns. Vorher hatten wir uns nicht persönlich gekannt. Als wir sie dann im September 1990 in Nusplingen besuchten, platzte alles, was aus unserer Liebe geworden war. Ich traf sie bei einer Umarmung, Telefongespräche gingen hin und her. Einmal im Sommer stand die Haustüre offen und ich konnte jedes Wort hören, das Martin sagte. Nun war mir klar, dass es ernst war. Als ich Martin fragte, wie es weitergehen solle, meinte er nur, ich könne ja ausziehen. Da antwortete ich: »Mir gehört genauso viel wie dir.«

Darauf entgegnete er: »Mach mal die Augen zu, und was du dann siehst, ist dein.«

Meine Nerven litten sehr darunter und so kam ich 1990 nach Neustadt im Harz in ein Krankenhaus. Als ich nach drei Wochen zurückkehrte, empfing Martin mich freundlich. Er stellte die Tasche ab und drückte mich so herzlich, was ich es seit vielen Jahren nicht erlebt hatte, und weinte bittere Tränen. Auch mir standen Tränen in den Augen, so glücklich war ich in diesem Moment. »Du brauchst keine Angst mehr zu haben, es ist alles aus«, versicherte er.

Einer Bekannten habe ich dann alles erzählt. Sie weinte mit mir und wir fragten uns, warum die Menschen sich so viel Kummer bereiten.

Nach Martins Tod gingen die anonymen Anrufe und Briefe jedoch weiter. 2003 schrieb ich schließlich einen Brief an Mariannes Mann. Von da an hatte ich endlich meine Ruhe.

Mein neues Leben

Nach Martins Beerdigung fühlte ich mich völlig ausgelaugt. Ich hatte nicht gemerkt, wie müde ich war. Doch Margret hielt das für ganz normal, schließlich hatte ich meinen Mann rund um die Uhr versorgt. Jetzt melde sich mein Körper, meinte sie. Dann bekam ich Schwindelanfälle und Angstzustände. Unsere Ärztin verordnete mir eine Kur und ich fuhr nach Bad Lauterberg. Ich hatte mir die Strecke genau eingeprägt und war bereits zweieinhalb Stunden vor der Abfahrt am Bahnhof, damit alles glattgeht. Als der Zug kam und ich sah, dass er nach Braunschweig fuhr, stieg ich ein. Doch als ich in meinem Abteil war, um mir einen Platz zu suchen, stieg fürchterliche Angst in mir auf. Ich glaubte, ich sei im falschen Zug. Ich drehte mich mit meinem Koffer um und wollte raus. Doch da stand ein Mann hinter mir und fragte mich, wo ich hinwolle. Ich sagte, dass ich im falschen Zug sei. Daraufhin meinte er ruhig und legte dabei seine Hand auf meine Schulter: »Sie wollen nach Braunschweig, da sind Sie hier richtig«, und half mir zu meinem Platz. Trotzdem ließ mich die Angst fast die ganze Fahrt über nicht los.

Bad Lauterberg ist eine schöne Stadt. Wir Kurgäste wurden vom Bahnhof abgeholt, weil das Hotel eine ziemliche Strecke vom Bahnhof entfernt lag. Das Hotel »Vital Resort Mühl« war sehr schön. Leider kam der Arzt am ersten Tag erst abends und untersuchte uns. Dann ordnete er die Behandlung an. Er teilte mir einen Psychologen zu – der meine Rettung war.

Eine sehr nette Dame aus Göttingen saß mit mir am Tisch, außerdem eine aus Aschersleben und eine aus Riestedt. Nach ein paar Tagen sollte ich allein etwas unternehmen, doch das klappte nicht. Unweit von unserem Hotel verlief ein Fluss, dort wollte ich die Enten füttern. Doch als ich über die Brücke ging, packte mich wieder die Angst. Ich lief zurück zum Hotel und legte mich in meiner Kleidung ins Bett. Doch die Stunden mit dem Psychologen taten mir gut und zeigten schließlich ihre Wirkung. Meine Spaziergänge wurden immer länger, ich traute mich dann auch in die Stadt.

Am Abend vor unserer Entlassung meinte die junge Frau aus Aschersleben, dass ich mit ihr nach Hause fahren könne, da ihr Mann sie abhole. Ich bedankte mich für das Angebot, sagte aber, dass es für mich besser sei, allein zu fahren, um mein Selbstvertrauen auf die Probe zu stellen. Es ging sehr gut und ich war sehr glücklich darüber.

Dem Psychologen musste ich versprechen, weiterzumachen und ihm zu Weihnachten zu schreiben. Da tat ich auch.

Jetzt begann für mich eine neue Zeit. In den siebziger-Jahren hatten wir auf unserem Grundstück ein zweites Haus gebaut. Erst beherbergte es nur Wirtschaftsräume. Als Margret 1976 heiratete, haben wir eine Wohnetage daraufgesetzt. Einige Jahre stand die Wohnung leer, dann haben wir sie vermietet. Jetzt, nach Martins Tod, verkaufte ich das Wohnhaus und zog in die Mietwohnung um. Es musste allerlei gemacht werden, doch ich bat mir von meinen Kindern aus, alles in Ruhe selbst in die Hand nehmen zu dürfen. Es war harte Arbeit für mich. Ich brauchte eine neue Haustür, wozu ein Heizkörper verlegt werden musste. Ich ließ eine Zwischenwand entfernen, damit ein Flur entstand. Aus der Garage wurde ein Abstellraum. Aus der Waschküche machte ich eine Speisekammer. Danach arbeitete ich so für den Umzug vor, dass meine zahlreichen Helfer alles nur noch rübertragen mussten. Wir schafften das an einem Wochenende. Anschließend grillte Jürgen, mein ältester Schwiegersohn, während Margret und Renate schon Gardinen aufhängten und mit dem Einräumen begannen. Ich selbst war so müde, dass sie mich ins Bett schickten.

Fritz Klein und Uli Schüssler waren meine starke Stütze und halfen mir sehr viel. Da ich beides nicht alleine unterhalten konnte, habe ich das Wohnhaus verkauft und bin ins Mietshaus gezogen, das auf demselben Grunstück war.

Von da ab war ich auf mich allein gestellt, musste mein Leben neu gestalten. Ich dachte damals oft an meine Mutter, die nach dem Tod meines Vaters auch zu spüren bekam, wie es ist, allein zu sein.

Ein Jahr später leistete ich mir eine Kur im Hotel Krivan, das sich direkt über der Kolonnade in Marienbad befand. Vierzehn Tage Behandlung und Urlaub verbrachte ich dort und lernte nette Freunde kennen. Neben der Kolonnade, an die sich der Park anschließt, befand sich eine Wasserspielorgel. Jeden Nachmittag ab fünf Uhr spielte sie, ab sieben flammte die Wasserfontäne in bunten Farben auf. Dazu erklangen die schönsten Opern- und Operettenmelodien. Die Menschen reisten von überall her an, um diesen herrlichen Anblick zu genießen. Um neun spazierte ich dann noch einmal los, um mich am Sonnenuntergang zu erfreuen. Nichts wollte ich mir entgehen lassen.

Ein Jahr später machte ich noch einmal eine Kur in Bad Flinsberg in Polen. Hier genoss ich im März eine herrliche winterliche Landschaft. Es hat mir gut dort gefallen. Die Behandlung fand ich besser als in Marienbad und billiger war sie auch. Meinem Bandscheiben- und Halswirbelschaden half sie sehr gut, auch wenn mein rechtes Knie Probleme bereitete.

Bei dieser Gelegenheit möchte ich auch etwas zu Breslau

schreiben, was ich schon angedeutet habe. In Bad Flinsberg wurden auch Ausflugsfahren zur Schneekoppe und nach Breslau angeboten. Dorthin wollte ich unbedingt, weil ich noch einmal die Stadt sehen wollte, durch die wir 1945 gekommen waren und in der wir so viel Angst ausgestanden hatten. Gleich als wir mit einem Kleinbus nach Breslau reinfuhren, kamen wir über eine große Brücke, die in mir Erinnerungen auslöste.

Nach der Mittagspause durften wir die Stadt allein erkunden. Ich schloss mich zwei Damen an, und als diese in ein Café wollten, betrachtete ich den Marktplatz noch einmal allein, um zu sehen, ob ich die Ausfahrt, die ich noch sehr gut in Erinnerung hatte, finden würde. Es gelang mir, einen Mann zu treffen, der deutsch sprach und den ich fragen konnte, wo die Straßengabelung hinführte. Die eine Straße gehe Richtung Deutschland und die andere führe auf Umwegen auch dorthin, meinte er.

Wieder zurück in Deutschland führte mein erster Weg in Aschersleben in eine Buchhandlung, wo ich eine Straßenkarte bestellte. Tatsächlich fand ich auf ihr die große Konstruktionsbrücke, die ich suchte. Sie heißt Kaiserbrücke und ist 112,5 Meter lang und 18 Meter breit. Was war das für eine Freude für mich. Ich hatte mir einen großen Wunsch erfüllt und im Erwachsenenalter und in Friedenszeiten Breslau noch einmal wiedergesehen, den Ort, an den ich so starke Erinnerungen hatte, wo ich große Angst ausgestanden hatte, als der deutsche Soldat mit seinem Revolver vor unserem Gespann stand, um uns an der Weiterfahrt zu hindern.

Bei meinem Besuch in Breslau erlebte ich auch mit, wie sehr die Polen der Tod von Papst Johannes Paul II. bewegte, ebenso wie die Wahl von Benedikt XVI. Die Polen nahmen alles mit sehr viel Hingabe und Gefühl auf.

Einen großen Wunsch trug ich noch in mir: Ich wollte meine Heimat noch einmal sehen. Ich schmiedete auch Pläne, ob sie allerdings Wirklichkeit werden würden, wusste ich nicht. Doch irgendwann im Jahr 2005 fand ich in einem Reisekatalog eine Tour ins Donaudelta. In Gedanken ging ich damals schon alles durch. Ich erzählte meinen Töchtern davon, und Renate schlug vor, ich solle meine Cousine Magda fragen, ob sie mitfahren wolle – und Magda zögerte nicht lange. Sie sagte sofort zu. Der Einfachheit halber buchte ich für uns beide in Aschersleben. Je näher der Reisetermin rückte, umso aufgeregter wurden wir. Am Reisetag holte mich ein Taxi vor der Haustüre ab und brachte mich in Aschersleben zum Bus. Magda wurde von ihrem lieben Partner Claus mit dem Wagen gebracht. Sie wartete schon am Hafen in Passau auf mich. Als das Schiff ablegte, winkten wir Claus noch lange nach.

Unsere erste Station war Wien, wo wir eine Stadtrundfahrt machten. Am dritten Tag waren wir in Kavesa-Pusta, wo es eine schöne Reit- und Kutschtour gab. Die nächste Station war Novi Sad, anschließend folgte eine Stadtrundfahrt in Belgrad. Am fünften Tag machten wir am Eisernen Tor fest, doch es war Nacht und wir konnten nicht viel sehen. In Rousse machten wir auch eine Stadtrundfahrt und besichtigten ein Kloster, das in einen Felsen gehauen war. Am darauffolgenden Tag unternahmen wir einen Busausflug ins Donaudelta, von Tultscha aus ging es dann mit dem Katamaran zum Delta.

Meine Cousine und ich hatten vorab schon mit unserem Gruppenleiter besprochen, dass wir von Tultscha aus gerne einen Abstecher in unseren Heimatort machen wollten, der nur sieben Kilometer entfernt lag. Die rumänische Reiseleiterin, die in Cernavoda zustieg, riet uns, für unseren Ausflug keinen x-beliebigen Taxifahrer zu engagieren. Sie würde uns einen Fahrer besorgen. Und es dauerte nicht lange, da kam ein etwa vierzigjähriger Mann auf uns zu, der sehr nett war und ungefähr genauso viel deutsch wie ich rumänisch sprach. Er war äußerst hilfsbereit und unterstützte uns, wo es ging. Dank seiner Hilfe fanden wir auch die Frau, die den Schlüssel zur Kirche von Malkotsch besaß. Doch was für ein Schreck – die Kirche war leer, kaputt und heruntergekommen. Ich musste weinen, so schlimm sah alles aus. Wehmut überkam mich. Hier wurde ich getauft, hier ging ich zur Kommunion und kurz vor der Auswanderung wurde ich hier noch gefirmt. Ich wusste auch, dass Landsleute aus Aschaffenburg Geld für Kirchenbänke gestiftet hatten, doch nun stand alles leer. Sogar die Fußbodenbretter fehlten.

Dann fuhren wir zum Elternhaus meines Mannes. Es stand noch, doch der rumänische Bürgermeister, der das neue Haus auf demselben Grundstück errichtet hatte, war weg. 1974 waren wir dort noch zu einer Einladung zum Mittagessen gewesen. Auf der oberen Straße, in der Nähe des Hauses meiner Schwiegereltern, steht ein Brunnen. Wir hatten Durst, ein Mann schöpfte Wasser und ich trank aus dem Eimer. Vier junge, deutschstämmige Frauen standen in der Nähe, doch keine wusste, was aus dem Bürgermeister geworden war.

Wir holperten weiter über die schlechten Straßen. Unser Taxifahrer tat uns sehr leid. Als wir im Unterdorf ankamen, baten wir ihn, auf uns zu warten, wir wollten zu Fuß zum Friedhof gehen. Doch dort sah es noch schlimmer als schlimm aus. 1974 hatte ich das eiserne Kreuz von meinem Onkel Wilhelm noch gefunden und es standen noch sein Name sowie Geburts- und Sterbedatum darauf, nun fand ich gar nichts mehr.

Wir gingen zurück zu unserem Fahrer und machten uns auf den Weg nach Tultscha, zum Grundstück, auf dem einmal mein Elternhaus stand. Zu unserem Taxifahrer sagte ich nur: »Maine Tatelui Gasse.« Wir mussten beide lachen, doch er verstand. Ich stieg aus und wollte auf den Brunnen zugehen, den mein Vati ausgehoben hatte. Da eilte der Fahrer schnell herbei, um das Unkraut zur Seite zu drücken, damit ich besser durchkam. So etwas hatte noch niemand für mich gemacht!

Der Brunnen war jetzt mit Beton befestigt, ebenso der Stand, von dem aus man das Wasser holte. Als wir 1974 dort gewesen waren, waren die Bretter noch weiß angepinselt gewesen. Jetzt war die Farbe abgeblättert. Auf dem Platz, an dem mein Elternhaus stand, hatten junge Leute ein hübsches Häuschen gebaut. Es tut mir jetzt noch leid, dass wir es nicht fotografiert haben. Die junge Frau wollte uns sogar zum Essen einladen. Sie lief immer hin und her und meinte »Mangare, mangare«. Weil wir keine Zeit hatten, schenkte sie jeder von uns eine Handvoll Birnen – kleine, süße, ob sie wohl noch von unserem Grundstück stammten? Wir hatten damals einen kleinen Baum zum Nachbarn Tuchscherer.

In Tultscha besuchten wir noch Martins Cousine Maria. Die Freude war mehr als groß, wir mussten beide weinen. Dreißig Jahre waren vergangen, seit wir uns zum letzten Mal gesehen hatten. Ihren Sohn Edi habe ich leider nicht angetroffen. Er arbeitete im Wasserwerk in Tultscha in gehobener Position. Auch der Enkelsohn war nicht da. Maria hatte erst im März ihren Mann Oskar verloren. Sie litt immer noch darunter und ging ganz in Schwarz.

Unsere rumänische Reiseleiterin meinte, wir sollten dem Taxifahrer zehn Euro geben. Das reiche und er freue sich noch darüber. Wir gaben ihm aber mehr als das Doppelte – solche leuchtenden Augen habe ich schon lange nicht mehr gesehen! Wir verabredeten uns noch mit ihm, und da war er mit einem Mal verschwunden und kam mit zwei Gläsern Coca-Cola zurück. Um nichts in der Welt hätte er dafür Geld genommen. Er blieb so lange in unserer Nähe, bis die anderen Fahrgäste von ihrem Ausflug ins Delta zurückkamen.

Am nächsten Tag erreichten wir Oltenita und machten eine Stadtrundfahrt in Bukarest. Wir konnten dort den Palast bewundern, in dem Ceausescu mit seiner Frau gewohnt hatte.

Dann ging es wieder Richtung Heimat. Wir stoppten erneut am Eisernen Tor, einem enormen Wasserkraftwerk, das den Wasserstand der Donau ein Stück weit regelt. Ich erinnerte mich an die Nacht, in der wir dort auf das Schiff warten mussten. Zwischenzeitlich hatte man alles erneuert und schöner und besser gemacht.

In Novi Sad besichtigten wir die Festung Petrovaradin, die größte Zitadelle des 13. Jahrhunderts. Im 16. Jahrhundert fiel sie Suleiman dem Prächtigen in die Hände. 1716 gelang es Prinz Eugen von Savoyen, die Türken zu vertreiben.

In Budapest unternahmen wir eine Stadtrundfahrt. Den Nachmittag hatten wir zur freien Verfügung und wir bummelten gemütlich durch die Einkaufsstraße. Es gab viel zu sehen. Die Kaufhäuser waren voller Waren, vor allem Handarbeiten wurden angeboten. Am nächsten Tag folgte Bratislava. Doch von der Schönheit, für die es gerühmt wird, merkten wir nichts. Am Abend erreichten wir Wien und machten eine nächtliche Rundfahrt. Anschließend ging es zum Heurigen nach Grinzing. Am nächsten Tag neigte sich unsere Reise dem Ende zu. Mein Bus wartete schon auf mich und so winkte ich Magda lange zu, die noch auf dem Schiff blieb, bis Claus sie abholte.

Noch einmal Rumänien

Eine letzte Reise in mein Heimatland Rumänien wollte ich unbedingt noch unternehmen. Deshalb erkundigte ich mich in Reisebüros über entsprechende Angebote. Schließlich fand ich eine zehntägige Rundfahrt, die im September 2007 stattfand.

Wieder wurde ich von der Haustür abgeholt und nach Aschersleben gebracht, wo der Reisebus wartete. Wir machten in verschiedenen Städten halt, und nach und nach wurde unser Grüppchen immer größer. Unsere beiden Busfahrer kümmerten sich aufmerksam um uns. Sie legten des Öfteren eine Pause ein, was uns Älteren sehr gut tat. Zunächst ging es über Wien nach Budapest durch reizvolle Landschaften, in denen ich gerne länger verweilt hätte. Die Grenzkontrollen verliefen ohne Probleme und so kamen wir zügig voran. In Arad in Rumänien stieg Roxana, unsere Reiseleiterin, zu. Sie sprach sehr gut deutsch. Auf der Hin- und Rückfahrt saß sie direkt vor mir. Ich unterhielt mich viel mit ihr und schloss sie schnell ins Herz.

Um schneller nach Tultscha zu kommen, schlugen die Busfahrer vor, in Galatz mit der Fähre über die Donau zu setzen. Doch als wir dort ankamen, warteten schon jede Menge Autos und Lastwagen und wir mussten uns hinten anstellen. Gegen Mitternacht erreichten wir dann endlich Tultscha, wo der Speisesaal schon gerichtet war und wir sehnlichst erwartet wurden.

Tultscha hat sich zu einer reizenden Stadt entwickelt, kein Vergleich mehr zu früher. Auch das Hotel »Delta«

ist sehr schön geworden. Insgesamt verbrachten wir zwei Nächte dort. Tagsüber unternahmen wir Ausflüge, doch leider kamen wir nicht bis nach Sulina, worüber nicht nur ich, sondern auch die anderen Gäste etwas traurig waren. Schon als Kind war es ein Traum von mir gewesen, das Donaudelta und die Mündung der Sulina ins Schwarze Meer zu sehen. Ich habe bereits zahlreiche Bücher über die Tier- und Pflanzenwelt dort gelesen.

Die Menschen, die in Sulina leben, sind ursprünglich Lippowaner, eine russischsprachige Minderheit, die in Budschak und der Norddobrudscha siedelte. In dem Naturreservat wohnen sie in kleinen, mit Schilfrohr bedeckten Fischerhäuschen. Sogar die Zäune sind aus Schilf gebaut.

Die Zoologin Maria Popescu hat sich sehr darum bemüht, dass dieses einmalige Naturschutzgebiet erhalten bleibt. Das gesamte Delta ist ein einzigartiger Brutplatz für Vögel und eine wichtige Durchzugsstation im Frühjahr und Herbst.

Ich glaube, dass die alten Menschen, die dort aufgewachsen sind, trotz ihres mühsamen Lebens glücklich waren. Leider sind viele ihrer Kinder in die großen Städte gezogen, denn die Jugend hat in Sulina keine Zukunft, weil es nur sehr wenige Arbeitsplätze gibt. Für die Natur ist das nur von Vorteil. Denn der Mensch neigt dazu, sich rücksichtslos auszubreiten.

Wir fuhren weiter und zu jedem Landstrich, zu jedem Ort wusste Roxana eigene interessante Geschichten zu erzählen. Zu DDR-Zeiten hatte ich mir ein Buch über die Dobrudscha gekauft. Studenten hatten es geschrieben, die mit dem Rucksack das Donaudelta erkundet hatten. Ich bin dem Autor Heribert Schenk noch heute dankbar, dass er ein so informatives Buch über das Gebiet und seine Bewohner geschrieben hat, denn zwischenzeitlich hat sich viel verändert.

Wie bescheiden, glücklich und zufrieden die Menschen damals dort lebten! Die Dobrudscher ernährten sich überwiegend vom Fischfang und der Landwirtschaft. Die Fischerei war damals noch sehr ergiebig. Auf ihren Grundstücken, die mit Rohr oder Schilf begrenzt waren, hielten sie Hühner und Schweine. Es war ein bescheidenes Leben, doch die Leute waren glücklich und sehr gastfreundlich.

Ein besonderes Erlebnis hatte ich auf dieser Reise auch noch. Als ich mich eines Abends beim Essen mit meinen Göttinger Tischnachbarn unterhielt, ging es mir schlagartig schlecht. Auf meinem Zimmer ging es los mit Durchfall und Erbrechen. Zur Sicherheit nahm ich auf Reisen immer meine Schwedenkräuter mit, die halfen etwas. Dann kam Roxana mit einer Ärztin, um nach mir zu sehen. Die beiden schlugen vor, dass ich mich in einem Krankenhaus untersuchen lassen sollte. Was ich dort vorfand, war unbeschreiblich. Ich kam in einen Raum mit einem beweglichen Sichtschutz. Dort gab man mir eine Spritze, maß den Blutdruck, nahm eine Blut- und eine Urinprobe. Dann brachte man mich in einen anderen Raum, in dem sechs Liegen standen, nur durch Paravents getrennt. Decken gab es nicht. Manche Patienten hatten sich mit ihren Mänteln zugedeckt. Männer und Frauen lagen zusammen, einige hatten Besuch, der Essen brachte. Die Krankenschwestern schienen gleichzeitig auch Putzfrauen zu sein.

Die Ärztin kam oft zu mir und erkundigte sich, wie es mir gehe. Da sie gut deutsch sprach, konnten wir uns etwas unterhalten. Ich fragte, wie lange ich noch hier bleiben müsse, denn ich wollte so schnell wie möglich wieder weg.

Plötzlich kam eine andere Krankenschwester zu mir. Sie sprach etwas deutsch und fragte, ob es mir gut gehe. Ich sagte: »Puzin – ein wenig.«

Als sie ging, murmelte sie: »A nemceste, Deutsche.«

Nach vier Stunden brachte mich ein Taxi zu einer kleinen Pension. Der Fahrer fragte: »A jeste – ist es hier?«

Ich erwiderte: »Nu stiu – ich weiß es nicht.«

Mir wurde auf einmal doch bange, ob ich meine Reisegruppe und Roxana wieder treffen würde. Da kam ein älterer Herr aus einer Kneipe und sprach mich in gutem Deutsch an. Mir fiel ein Stein vom Herzen. Ich erklärte ihm meine Situation und wir gingen in das Lokal. Dort bat er, telefonieren zu dürfen. Als er wiederkam, meinte er nur, alles werde gut. Dann erzählte er mir, dass er in den vierziger Jahren nach Deutschland ausgesiedelt worden war. Nach der Wende sei er sofort wieder nach Brasov zurückgekehrt. Hier habe er seine Familie und ein kleines Haus und würde nie mehr fortgehen.

Mir setzten die Wärme und der Geruch in dem kleinen Raum sehr zu und ich ging vor die Tür, um frische Luft zu schnappen. Im selben Moment kam Roxana um die Ecke und wir fielen uns in die Arme, Freudentränen flossen. Als ich wieder in unseren Bus stieg, applaudierte die Reisegruppe heftig. Wir waren mittlerweile wie eine große Familie zusammengewachsen und gingen sehr freundschaftlich miteinander um.

Die nächste Station war Bukarest. Dort bestaunte ich wieder den Parlamentspalast mit seinen fast sechstausend Räumen, in dem Ceausescu residiert hatte. Was für ein großes Anwesen für einen Politiker. Ich musste an das Weihnachtsfest 1990 denken, als plötzlich mein ältester Enkelsohn ins Zimmer kam und erzählte, dass Ceausescu gerade hingerichtet worden sei. Meine Mutti und ich hatten uns angesehen, dann stimmten wir spontan die ehemalige rumänische Nationalhymne an. Meine Kinder und Enkelkinder waren sprachlos und staunten vor allem über meine Mutti, die schon 82 Jahre alt war.

Von Bukarest aus fuhren wir nach Transsilvanien (Siebenbürgen). In Maramuresch besuchten wir einen schönen alten Friedhof. An jedem Grab war ein Kreuz aus Holz oder Metall angebracht. Auf einer ovalen Platte stand darauf, ob der Verstorbene ein Künstler, Arbeiter oder Alkoholiker, ob er reich oder faul gewesen war. Manchmal hingen auch Bilder am Kreuz.

Unsere Fahrt führte uns ins Innere von Transsilvanien. Doch was für ein Unterschied! Von einem Ort zum nächsten sah alles anders aus: Die Häuser waren farbig angestrichen, hatten Ziegeldächer und in den Vorgärten blühten Blumen. Es sah fast aus wie in Deutschland oder in meinem Heimatdorf.

Von Maramuresch ging es in die Bukowina, ins heutige Moldawien. In den größeren Städten sahen wir viele geschichtsträchtige Häuser, Kirchen und Klöster, an denen der Zahn der Zeit mächtig nagte. Roxana erzählte uns, dass die Regierung daran interessiert sei, das Alte zu erhalten, aber es fehle am Geld.

In Sibiu (Hermannstadt) besichtigten wir viele alte Kirchen mit Fresken. Von dort aus näherten wir uns immer mehr der Walachei. In mir stiegen Erinnerungen an unseren Familienurlaub im Jahr 1974 auf. In Ploiesti hatten wir eine Nacht gezeltet und waren von dort weiter nach Tultscha gefahren.

Doch es gab auch peinliche Erlebnisse auf der Reise. Eines Abends wurde uns in einem Hotel Mamalika, also Polenta mit Gulasch und grünen Bohnen, serviert. Es wird aus Maismehl zubereitet und ist sehr eiweißhaltig und gesund. Alle Reiseteilnehmer, auch die einer anderen Reisegruppe, ließen ihren Teller unberührt zurückgehen. Ich fand das schrecklich. Für mich war dieses Essen eine Erinnerung an früher, doch der typische Deutsche probiert noch nicht einmal, wenn er etwas nicht kennt. Im Ausland gibt es eben andere Gerichte als zu Hause. Ich koche Mamalika heute noch gelegentlich, neben den vielen anderen alten Rezepten, die meine Kinder sehr mögen.

Abschließend kann ich feststellen, dass ich diese Busreise

sehr genossen habe, trotz mancher kleinen Enttäuschung. So ist das eben, wenn man mehrere Tage ständig mit denselben Menschen zusammen ist. Wir haben viel Schönes erlebt, viel gesehen, viel gelacht und sind manchmal todmüde ins Bett gefallen. Am nächsten Tag standen wir wieder ausgeruht für den nächsten Ausflug bereit.

Diese letzte Busrundfahrt durch Rumänien war meine schönste. Aus gesundheitlichen Gründen wird es zu einer weiteren Reise dorthin wohl nicht mehr kommen. Doch immerhin habe ich das schöne, beruhigende Gefühl, noch einmal alles gesehen zu haben. Ob das Land allerdings jemals wieder hochkommt, ist schwer zu sagen. Es ist viel kaputtgegangen. Ich hoffe sehr, dass die neue Zeit und die Mitgliedschaft in der Europäischen Union das Land wieder lebenswerter macht.

Schlusswort

Ich habe mein Leben ehrlich und guten Gewissens niedergeschrieben. Jeder kann daraus schließen, was er möchte. Ich habe Höhen und Tiefen durchlebt, viele Hindernisse überwunden und Zerreißproben bestanden. Den Weg, den ich gegangen bin, möchte ich allerdings nicht noch einmal gehen müssen.

Ich bin nun allein und versuche das Beste daraus zu machen. Ich habe mein Leben in die Hand genommen. Die Reisen, die ich unternommen habe, habe ich genossen und jedes Mal neue Bekanntschaften geschlossen. Mir bekommt es gut, allein zu reisen, denn ich kann machen, was und wann ich will. Sobald ich merke, dass es mir zu viel wird, ziehe ich mich zurück und lese oder sehe fern.

Als meine persönlichen Höhepunkte empfand ich Marienbad und seine Wasserspiele; Palma de Mallorca und die Tropfsteinhöhle mit See und der herrlichen Musik von Chopin, die ich dort genießen konnte. Auch meine Fahrt nach Breslau möchte ich um nichts in der Welt missen.

Mit diesem Buch erfülle ich auch meiner Freundin Hedwig einen Wunsch. 1989 bei meinem Besuch in Bad Brückenau bat sie mich, mein Leben niederzuschreiben. Hedwig ist und bleibt für immer die gute Seele in meinem Leben, die sich meine Sorgen, meinen Kummer und meinen Schmerz anhört. Sie hat mir Trost und Kraft gespendet mit den Worten, die sie mir nach Hansis Tod schickte, und sie hatte immer ein offenes Ohr, wenn ich sie brauchte, als sich die vielen Schmerzen in meine Ehe einschlichen. Ich bin unendlich dankbar für ihre nun schon sechsundsechzig Jahre währende Freundschaft.

Auch meine Töchter baten mich nach Martins Tod, alles einmal festzuhalten, sogar Magda und Claus sprachen mir gut zu. Auch ihre Wünsche habe ich hiermit erfüllt.

Eine große Reise habe ich mir übrigens noch vorgenommen: eine Reise nach Israel – ins heilige Land.